내 안의 그 아이

푸른사상
산문선

34

내 안의 그 아이

초판 인쇄 · 2020년 11월 20일
초판 발행 · 2020년 11월 25일

지은이 · 송기한
펴낸이 · 한봉숙
펴낸곳 · 푸른사상사

주간 · 맹문재 | 편집 · 지순이 | 교정 · 김수란
등록 · 1999년 7월 8일 제2-2876호
주소 · 경기도 파주시 회동길(서패동) 337-16
대표전화 · 031) 955-9111(2) | 팩시밀리 · 031) 955-9114
이메일 · prun21c@hanmail.net
홈페이지 · http://www.prun21c.com

ⓒ 송기한, 2020

ISBN 979-11-308-1719-4   03810

값 16,000원

푸른사상
산문선

34

송기한 산문집

내 안의 그 아이

푸른사상
PRUNSASANG

1979년 10월 26일 오랫동안 갖고 싶었던 카세트테이프 재생 겸용 라디오를 구입했습니다. 모았던 용돈을 1년간 한 푼도 쓰지 않고 산 것입니다. 전영의 〈어디쯤 가고 있을까〉, 심수봉의 〈그때 그 사람〉, 윤승희의 〈제비처럼〉, 산울림의 여러 노래 등을 이따금씩이 아니라 항상적으로 듣고 싶었습니다. 그러기 위해서는 테이프 재생 겸 라디오가 필요했기 때문입니다.

고등학교 2학년이니 감수성이 예민한 때였고, 그들이 부르는 노랫가락이나 그들이 착용하고 있었던 안경 등의 액세서리에도 관심이 많았던 터였습니다. 그러한 관심을 표명하기 위해서는 우선 그들과의 동질화가 필요했습니다. 그 좋은 방법 가운데 하나는 그들의 노래를 직접 부르거나 그들이 갖고 있었던 액세서리와 비슷한 것을 소유하는 일이었습니다.

TV도 없는 지하 단칸방에서 살던 그날, 이날은 늦게까지 그들의 노래를 들었습니다. 이런 정서의 충만함과 함께 새 물건이 생겼다는 설렘을 가슴에 안고 아주 늦게 잠을 청했습니다.

새벽이 되었습니다. 어제의 흥분을 가라앉히지 못하고, 그러한 노래들을 다시 듣고 싶었습니다. 다른 때보다 더 일찍 일어나 라디오를 켰습니다. 그들의 노래가 버튼을 돌리기도 전에 귀에 들리는 듯했습니다.

그런데 노래는 없고, 긴급 방송이 나오고 있었습니다. 대통령의 유고(有故)라는 소식이었습니다.

'유고?'

'도대체 유고가 뭐야?'

여기저기 채널을 돌려도 똑같은 말만 반복하고 있었습니다. 궁금해서 견딜 수가 없었고, 밥을 먹을 기분도 아니었습니다. 그래서 함께 있던 누나에게 오늘은 그냥 학교에 간다고 하고는 집을 나섰습니다.

'유고'라는 말의 의미가 너무 궁금했기에 평소의 등굣길이 아니라 큰길로 나와서 학교를 향했습니다. 가끔 놀러 나오던 신촌 로터리였습니다. 차량은 예전처럼 바쁘게 오갔지만, 큰 거리에는 신문 호외(號外)들이 먼지 날리듯 돌아다니고 있었습니다. 그중의 하나를 주워 들었습니다. 거기에도 '대통령 유고'라는 커다란 제목이 붙어 있을 뿐, 그것이 무엇을 의미하는 것인지 자세한 설명은 나와 있지 않았습니다.

그러니 나를 더욱더 헷갈리게 했습니다.

'분명 무슨 일이 일어난 듯한데.'

혹시나 싶어 여기저기 떨어진 호외들을 쇼핑하듯 집어들었습니다. 모두 동일했습니다. 그러다가 다른 제목의 호외 하나가 눈에 들어왔습니다. 거기에는 '대통령 서거'라고 쓰여 있었습니다.

'돌아가셨구나.'

하는 생각이 드는 순간 손이 떨렸습니다. 신문은 손으로부터 힘없이 떨어져 나갔고 이내 날아가기 시작했습니다. 나의 가난과, 우리의 가난이 최저 수준을 벗어나려는 시점에 그는 이렇게 사라져 간 것입니다. 그는 내가 태어나기 전부터 대통령이었고, 그 순간까지 그러했습니다. 그러니 대통령이란 자리는 다른 어떤 대안도 없어 보였습니다. 뿐만 아니라 그가 외친 1000불 소득, 100억 불 수출이 달성되는 날, 나의 가난은 극복되리라 생각했습니다. 그의 존재란 나에게는 곧 가난의 종결자처럼 생각되었던 것입니다.

1960년대 내가 배를 곯고 있을 때, 그는 서독에 갔습니다. 굶주림에 시달리던 수많은 광부와 간호사가 서독에 있었습니다. 어떻게든 잘살아보겠다는 일념 하나로 말입니다. 그는 그런 그들 앞에서 "우리도 한번 잘 살아보자"며 함께 엉엉 울었습니다. 한 맺힌 가난 속에 헤매고 있었기에, 한번 잘 살아보자고 늘 다짐하고 살았기에, 그의 그 울음만큼은 절실함이 묻어나 있었고 진정성이 있었다고 믿어왔습니다.

친구들과 청와대에 문상을 갔습니다. 우리 반 대표로서가 아니라 가난한 자의 대표로서 갔습니다.

'잘 가시라.'

나는 1962년 5월 충청남도 논산군 성동면 정지리 167번지에서 태어났습니다. 아직 근대화의 물결이 한참 못 미친 아주 낙후된 동네였습니다. 여기에 쓴 글들은 그로부터의 일들에 관한 것입니다.

따라서 이 글들은 단순한 나의 가족사일 수도 있습니다. 하지만 그것이 전부는 아닐 것입니다. 나의 삶 속에서 혹은 가족사 속에서 당대의 풍속을 읽어낼 수 있기 때문입니다.

그리고 유사 이래로 이런 삶은 이 시기만에 한정된 것이었다고 생각하지 않습니다. 그러한 삶은 지속적이고 항상적인 것이었으며, 우리의 심연 속에 늘 자리하고 있었던 것입니다. 그러니 이는 나만의 개인사가 아니라 우리의 보편사였다고 감히 말하는 것도 가능하지 않을까 싶습니다. 그것은 나의, 우리의 서러움입니다.

이 글의 주체랄까 시점은 어린 나 자신입니다. 가능한 한 당시의 시각을 최대한 확보하려고 했습니다. 지금 여기의 가치평가들은 가급적 개입시키지 않고, 있는 그대로의 모습을 보고 쓰고자 한 것입니다.

읽어주신다는 것, 그것은 한때의 아픔을 공유한다는 뜻일 수도 있습니다.

그러니 그저 고마울 따름입니다.

또다시 돌아오는 10월의 밤에

송기한

● 차례

제3부 **가난을 나누어 먹는 날**

제1부

부끄러운 하루

도둑 아닌 도둑

1970년대 초반까지만 해도 마을에 전기가 들어오지 않았습니다. 전기가 들어오는 것은 어디까지나 도시의 일이었을 뿐 시골 마을에서는 등잔불이나 호롱불로 밤을 밝히고 있었을 따름이었습니다.

등잔불은 켜도 어둡거니와 위험하기조차 했습니다. 그것은 가운데 심지로 기름을 끌어올려 태우는 형식이었는데, 아무런 보호 장치도 없었기 때문입니다. 그래서 가끔은 머리나 눈썹을 태워먹기 일쑤였습니다. 예를 들어 등잔불을 켜놓고 공부를 하다가 졸게 되면, 머리를 태울 때가 있었고, 경우에 따라서는 눈썹을 태우는 일까지 있었습니다.

하지만 이런 정도의 위험은 별거 아니었습니다. 때로는 등잔불이 큰 화재로 이어질 때도 있었기 때문입니다. 졸다가 등잔불을 넘어뜨리거나 걸어 다닐 때 실수로 그것을 넘어뜨릴 수도 있는데, 그러면 등잔 안에 있던 석유가 흘러나와 커다란 화재로 이어지곤 했습니다.

반면 호롱불은 이보다는 좀 안전한 경우였습니다. 유리로 만들어진 통이 바깥쪽에서 불을 감싸고 있었기 때문이지요. 그리고 그것은 걸어둘 수 있는 것이었기에 머리를 태우거나 넘어뜨리는 일은 등잔불에 비해 비교적 적었습니다.

하지만 등잔불도 1970년대 들어서면서부터 서서히 사라지기 시작했습니다. 마을 곳곳에 전봇대가 들어서고 집집마다 전기가 들어오기 시작했기 때문입니다. 하지만 전기가 보급되었다고 해서 모든 가정이 곧바로 전기의 혜택을 누릴 수 있었던 것은 아닙니다.

전기를 관리하는 곳이 정부의 어느 부서인지는 몰랐지만, 전기를 쓰기 위해서는 계량기를 달아야 했습니다. 하지만 그것은 무료가 아니었고 일정 정도의 돈을 내야 했습니다. 따라서 계량기를 달 형편이 되지 않으면 전기는 남의 일이었을 뿐입니다.

전기가 들어온 집의 저녁은 낮과 같이 밝았고, 낮이 밤으로 연장된 형국이었습니다. 등잔불이나 호롱불의 밝기와 비교할 수 없을 정도로 밝았는데, 전구가 발하는 빛의 세상은 거의 신천지와 같은 것이었습니다.

전기가 들어오지 않는 집의 아이들은 전기가 들어온 집의 아이들을 무척이나 부러워했습니다. 그들은 공부나 독서도 많이 할 수 있었고, 또 재미있는 놀이도 더 할 수 있었기 때문이지요. 등잔불 밑에서 할 수 있는 일이란 가벼운 책 보기가 전부였고, 그것도 오래 할 수 있는 일은 못 되었습니다. 어두운 곳에서의 독서는 눈을 곧바로 피로하게 만들었기 때문입니다. 전등불을 켠 집은 그야말로 딴 세상이었습니다.

전기가 없는 형편은 우리 집의 경우도 예외가 아니었습니다. 계량기조차 달 수 없었거니와 전기값이 아무리 저렴하다 해도 등 잔불의 비용보다는 많이 들었기 때문입니다.

하지만 우리 집도 문명의 혜택을 마냥 외면할 수는 없었습니다. 그 덕택을 받을 기회가 온 것입니다. 하루는 아버지가 옆집에 가서 무언가를 상의하고 오셨습니다. 그런 다음 이내 우리 집도 이제 전기가 들어올 수 있다고 말씀하시는 것이었습니다.

'계량기를 달 수 있는 형편도 아닌데, 어떻게?'

혼잣말로 중얼거렸습니다. 못내 궁금해서 여쭈어보았습니다.

"아, 도둑 전기를 쓰는 거야!"

"도둑 전기라고요?"

"그래, 하지만 완전히 훔치는 것은 아니고……."

사정은 이러했습니다. 이웃집으로부터 전선을 끌어와서 우리 집으로 연결하는 방식이었습니다. 비용은 전구 하나를 켜는 것이기에 대략 한 달에 얼마 정도의 사용량을 추정해서 옆집에 정산해주면 되는 것이었습니다. 하지만 전기를 관리하는 측에서 보면, 이는 명백히 불법이었을 뿐만 아니라 화재를 비롯한 안전상의 문제도 있는 것이었습니다.

그 사정이 어떠했든 간에 이제 우리 집에도 전기가 들어오게 된 것입니다. 어두컴컴한 등잔불에 익숙했던 터라 전구가 발하는 빛은 거의 태양과 같다는 생각을 했습니다. 방바닥에 먼지 하나까지 다 볼 수 있을 정도로 밝았기 때문이지요.

"아, 전등 빛은 이런 것이구나!"

모두의 감탄이 저절로 나왔습니다.

나는 이전보다 공부를 더 열심히 할 수 있을 것 같았습니다. 그리고 이제 등잔불에 머리 앞부분을 태우며 거기서 나오는 단백질 타는 냄새는 더 이상 맡지 않아도 되었습니다. 그러나 무엇보다 좋은 것은 우리 집도 다른 집들과 마찬가지로 전기가 들어온다는 사실이었습니다. 어떻게 들어왔든 상관없이 전기가 들어왔다는 사실이야말로 다른 집 애들과 나를 동렬에 놓은 쾌거였습니다.

아래의 시는 김기림의 「새나라 송」입니다. 1946년에 발표된 시인데, 그는 새나라 건설을 이념이 아니라 이렇듯 근대화에서 찾고 있었습니다. 계몽, 곧 근대화만이 우리나라가 풍요롭게 된다고 믿었습니다. 그의 꿈은 전깃줄이 본격적으로 설치되기 시작한, 1970년대에 이르러 비로소 실현되고 있었습니다. 근대화는 곧 '아무도 흔들 수 없는 나라'의 시작이라고 본 것입니다.

> 거리로 마을로 산으로 골짜구니로
> 이어가는 전선은 새나라의 신경
> 이름 없는 나루 외따른 동리일망정
> 빠진 곳 하나 없이 기름과 피

골고루 돌아 다사론 땅이 되라

어린 技師(기사)들 어서 자라나
굴뚝마다 우리들의 검은 꽃무꿈
연기를 올리자
김빠진 공장마다 동력을 보내서
그대와 나 온 백성의 새나라 키워가자

산신과 살기와 염병이 함께 사는 비석이 흔한 마을 마을에
모터와 전기를 보내서
산신을 쫓고 마마를 몰아내자
기름친 기계로 운명과 농장을 휘몰아갈
희망과 자신과 힘을 보내자

용광로에 불을 켜라 새나라의 심장에
철선을 뽑고 철근을 늘이고 철판을 피리자
세멘과 철과 희망 위에
아무도 흔들 수 없는 새나라 세워가자

녹슬은 궤도에 우리들의 기관차 달리자
전쟁에 해어진 화차와 트럭에
벽돌을 신자 세멘을 올리자
애매한 지배와 굴욕이 좀먹던 부락과 나루에
새나라 굳은 터 다져가자

다이나모 아침부터 잉잉거리는 골짝

파이프 팔 들어 떠받친 젊은 산맥들은
희랍 낭하의 목이 굵은 여신들
해발 삼천척 호수를 끌어안은 당돌한 댐
얄루강 오천년의 신화를 말렸다 불렸다가

음악을 울리럼 새나라의 노래 부르럼
드부르샤크의 애련한 신세계가 아니다
거리거리 마치소리 안개 속 떨리는 기적
전기로 돌아가는 논밭과 물레방아
그대와 나의 놀라운 심포니 울려라

어린 새나라 하나 시달린 꿈을 깨어 눈을 비빈다
동해 푸른 물 허리에 떨며 일어나는 '아프로디테'
모두가 맞이하자 굳이 잠긴 마음의 문을 열어
피 흐르는 가슴과 가슴을 섞어 새나라 껴안자

— 김기림, 「새나라 송」

두부 있니?

　　나에게는 큰누나가 있습니다. 나이는 나보다 열두 살이 많습니다. 누나는 가정형편상 상급학교에 진학하지 못하고, 일찍 취업 전선에 뛰어들었습니다. 그녀가 간 곳은 서울이었습니다. 서울 영등포 근처의 조그만 회사에서 경리 일을 보고 있었던 것입니다. 서울에 일찍 정착했기에 그곳에서 일 년에 두세 번쯤은 누나를 만날 수 있었습니다.

　　누나를 보는 것은 신나는 일이었습니다. 하지만 그것은 표면적인 이유일 뿐, 보다 근본적인 것은 다른 데 있었습니다. 서울이라는 곳을 볼 수 있었기에 더 좋았던 것이지요. 서울에 가면, 전차도 있고, 버스도 많았으며 택시도 있었습니다. 그 가운데 서울이 가장 좋았던 것은 수돗물이 있었기 때문입니다.

　　서울은 나에게 특별한 공간으로 다가왔습니다. 서울 아이들은 피부도 하얗고, 키도 커 보였으며 말씨도 세련돼 보였기 때문입니다. 그러니 시골에서 자란 아이들은 서울 생활을 부러워하고, 또 거기에 사는 아이들을 선망의 대상으로 생각한 것이지요.

서울은 농촌과 여러 가지 다른 점이 많았습니다. 가장 차이가 나는 것은 물이었습니다. 바로 수돗물이지요. 이 물을 먹으면 무슨 약품 냄새 같은 것이 났지만, 그것이 꼭 싫은 것은 아니었습니다.

이 냄새를 서울 사람들은 잘 느끼지 못하는 듯했지만 시골에서 자란 나는 대번에 알 수 있었습니다. 이 물에 익숙하지 않은 탓에 그 이질감을 금방 알 수 있었던 거지요. 하지만 나는 그 냄새를 좋아했습니다. 왜냐하면 수돗물을 먹으면 피부가 하얗게 변한다고 믿고 있었기 때문입니다. 사실은 전혀 그렇지 않았는데도 말입니다.

나중에 알고 보니 서울은 공해와 건물 등이 자외선을 차단하기 때문에 피부가 보호받아서 타지 않는다는 것이었습니다. 어떻든 그런 사실을 알 수 없었던 나로서는 피부가 하얗게 된다는 것이 단지 수돗물 때문이라고 믿었던 것입니다.

그리고 물장수가 있었다는 사실 역시 신기했습니다. 새벽에는 "물 사쇼." 하는 소리를 계속 들을 수 있었습니다. 그럼에도 이 소리가 가끔은 의아하게 들릴 때가 있었습니다. 그 좋은 수돗물을 놔두고 물을 왜 또 사 먹어야 하는 것인가 하는 의문 때문입니다.

어떻든 서울은 설레기도 하고 신기한 공간이었습니다. 저녁에는 네온사인이 있고, 가로등이 빛나고 있어 낮과 같았습니다. 이는 시골과는 비교할 수 없는 문명들이었습니다. 시골은 저녁만 되면 칠흑같이 어두워서 밖에 나가는 것이 불가능했는데, 서울은 저녁에도 낮처럼 돌아다닐 수 있고, 놀 수 있었습니다.

화장실의 경우도 농촌과는 전혀 달랐습니다. 모두 수세식으로 되어 있어서 깨끗하고 또 냄새도 전혀 없었습니다. 그래서 서울은 시골 사람들에게 늘 부러운 공간이었고, 서울 사람이 되는 것이야말로 최고의 꿈이었습니다.

서울에 대한 이런 환상은 이곳에서 가끔 이상한 일이 벌어지도록 만들었습니다. 나는 시골 촌뜨기라는 콤플렉스가 있어서 서울에서는 되도록 이런 모양새를 감추어야 했고, 그럴 때 생길 수 있는 낯선 체험들이 일어났습니다.

한번은 이런 일이 있었습니다. 어느 날 누나는 아침 일찍 아침을 준비하고 있었습니다. 그런데 찬거리가 부족하다고 나에게 두부 한 모를 사 오라고 했습니다. 가게는 바로 집 앞에 있으니 금방 갔다 오라는 것이었습니다. 가게가 집 근처에 있다는 풍경 또한 시골과는 다른 경우였습니다. 시골 집에서 생필품을 사려면 자전거나 버스를 이용해서 논산 시내에까지 꼭 가야 했기 때문입니다.

두부를 사려고 집 밖에 나갔습니다. 낯선 서울 골목길을 혼자 걷는 것도 괜찮은 일이었습니다. 시골의 어느 누구도 쉽게 할 수 있는 경험이 아니기 때문입니다. 이런저런 생각 끝에 가게 앞에 다다랐습니다. 가게 안에 물건을 파는 아주머니가 있었습니다.

두부 있니?

나는 반가운 김에,

"아주머니, 두부 있어유?"

라고 말했습니다.

아주머니는 일을 하다 말고 고개를 들어 내 얼굴을 바라보았습니다. 그러고는 미소를 지으며,

"충청도에서 왔구만!"

무척 당황했습니다. 얼굴이 빨개졌고 더 이상 거기에 서 있을 수가 없었습니다. 그래서 두부 사는 것을 포기하고 그냥 집으로 돌아왔습니다.

"두부 사 왔니?"

"아니, 못 샀어."

"왜?"

"아니, 그냥, 그게……"

잠시 머뭇거렸습니다. 누나는 다시,

"얼른 가서 사 와, 아침밥 먹게."

하고 나를 재촉했습니다.

"알았어, 다시 갔다 올게."

나는 다시 문밖에 나왔습니다. 그러고는 가게 앞으로 꾸역꾸역 발걸음을 옮겼습니다. 가게가 다시 보였고, 아주머니는 여전히 있었으며, 물건을 정리하고 있었습니다.

'말을 어떻게 해야 하나?'

'또 충청도 출신이라고 놀리면 어떻게 하나?'

'맞아, 서울 말씨로 바꾸면 돼!'

용기를 냈습니다. 다시 아주머니 앞으로 다가서서는,

"두부 있니?"

라고 말했습니다.

"어!? ……아니, 이 녀석이 어른한테 반말을 하네?"

아주머니는 화를 벌컥 냈습니다.

"네? 반말이라고요? 그게 아닌데……."

이 말을 하고 나는 도망치듯 가게를 나와 다시 집으로 왔습니다.

"두부는?"

"못 샀어!"

"왜?"

"그게……, 아……."

나는 어떤 말을 해야 할지 몰랐습니다. 그저 얼굴만 빨개지고 있었습니다.

아버지의 독립운동

개학이 얼마 남지 않은 어느 여름날이었습니다. 우연히 라디오를 켜니까 광복 27주년이 된다고 연신 알리고 있었습니다. 나는 그것이 어떤 것인지 알고 있기에 새삼 궁금할 것은 없었습니다. 광복절이 다가왔기에 방송에서 의례적으로 보도하는 것처럼 보였기 때문입니다.

어떻든 방송이 계속되니 자연스럽게 여기에 관심이 갈 수밖에 없었습니다. 하루는 밖에서 친구들하고 놀다가 집에 들어왔습니다. 시내에 가신다던 아버지가 이미 와 계셨습니다. 오늘 논산 시내 장날이 서고, 무엇을 좀 살 것이 있어서 잠깐 다녀온다고 하시더니 벌써 돌아오신 겁니다.

아버지는 언제나 그러하듯 머리가 아프다고 하시면서 머리 양쪽을 두 손으로 꼭 누르고 있어달라고 했습니다. 나는 늘상 있는 일이기에 언제나처럼 아버지의 머리를 눌러드렸습니다. 아버지는 곧 두통이 가셨는지 기분이 어느 정도 좋아지신 듯 보였습니다.

다시 방송에서 광복 27주년 기념이라고 시끄럽게 알리고 있었습니다. 늘 그런 것처럼 이번에도 광복절 기념 행사가 있고, 또 독립운동가들에 대한 훈장이나 상장 등이 수여된다고 했습니다. 그것은 의례적인 행사였기에, 그리고 나하고는 거리가 있는 것처럼 보여서 큰 관심을 갖지 않았습니다. 그런데, 오늘은 다른 때와 달리 문득 궁금한 것이 있었습니다. 아버지도 독립운동이라는 걸 하셨을까? 시기적으로 보나 혹은 나이로 보나 아버지는 그럴 만한 위치에 있었습니다. 나는 이때 아버지로부터 처음이자 마지막으로 그의 만주 생활과 독립운동에 대한 이야기를 들을 수 있었습니다. .

아버지의 초기 삶은 이러했습니다. 아버지는 1917년생이었습니다. 따라서 1930년대는 아버지가 무척 왕성하게 활동할 수 있는 20대 전후의 나이였습니다.

아버지가 만주로 간 것은 열여섯 살 때였습니다. 그러니 대략 1933년 전후쯤이 된다고 하겠습니다. 아버지의 가출은 계모와의 갈등이 크게 작용했다고 합니다. 친할머니가 아버지를 낳고 일찍 돌아가셨습니다. 그의 병은 장질부사였습니다. 당시에 장질부사가 크게 유행했고, 할머니도 이 병에 걸리신 겁니다. 할머니가 아플 때, 집안 사람들은 그를 집에다 두고 모두 농사일을 나갔습니다. 그런데 이 집에서 애 우는 소리가 크게 났습니다. 이를 의

아하게 생각한 동네 분이 집 안에 들어가 보니 애가 울고 있었습니다. 젖을 빨다가 젖이 나오지 않으니 배가 고파서 운 것입니다. 죽은 사람한테서 젖이 나올 리 없었습니다. 할머니의 죽음은 이렇게 발견되었습니다. 아버지가 돌이 되기 전의 일이었습니다. 그러니 아버지는 자신의 어머니를 전혀 기억할 수 없었습니다. 그 흔한 사진이란 것도 남아 있지 않았기에 더욱 그러했습니다.

그 뒤 할아버지는 재혼을 했고, 아버지는 자연스럽게 계모의 밑에서 자라게 되었습니다. 하지만 계모 밑에서 아버지의 생활은 평탄하지 않았던 모양입니다. 그래서 아버지는 열여섯 살 되던 해, 고향을 등지고 이내 만주로 떠나게 되었습니다. 당시 그나마 일하면서 먹고살기에는 조선 땅보다는 만주가 더 나았다고 합니다.

아버지가 처음 만주에서 정착한 곳은 봉천이었습니다. 오늘날 심양으로 지명이 바뀐 곳이지요. 아무런 재주가 없었던 아버지는 우연히 중국집에 취직하게 되었고, 거기서 음식 나르는 일을 하게 되었습니다. 이 집은 오가는 사람도 많고 해서 장사는 무척 잘되었다고 했습니다. 아버지는 이곳에서 적응을 잘 했고, 생활도 그럭저럭 안정적으로 보내고 있었습니다. 일도 일이거니와 평소 음식 만드는 데에도 관심이 많아서 주방에서의 요리 과정도 틈틈이 익혔습니다.

그러던 어느 날 주방장이 몸이 아파서 결근을 했고, 요리할 사람이 마땅치 않던 차에 주인은 우선 급한 대로 아버지에게 주방 일을 부탁했습니다. 직접 요리하는 일이 처음이긴 하지만 틈틈이 익힌 솜씨가 있기에 이를 수락했다고 합니다. 그런데 음식에 대한 손님들의 반응이 의외로 좋았습니다. 그날 이후로 아버지는 음식을 직접 만드는 이 집의 주방장이 되었습니다.

주방장이 된 이후로 손님은 점점 많아졌고, 주인의 신뢰도 크게 쌓여가고 있었습니다. 그리하여 주인과 함께 시장에도 자주 갔고, 경우에 따라서는 아버지 혼자 직접 시장을 보기도 했습니다.

아버지의 주방 일이 점점 익어가던 어느 날이었습니다. 손님으로 늘 오던 사람이 아무도 몰래 편지 한 통을 전해주면서 시장의 모 청과상에게 전해달라고 했습니다. 이게 무어냐고 했더니 그냥 몰래 갖다 주기만 하면 된다고 했습니다. 아버지는 한눈에 보아도 그것이 어떤 것인지 또 어떤 의미를 담고 있는 것인지 짐작이 갔습니다. 그러고는 그 사람이 주는 쪽지 역시 받아 전해달라고 했습니다. 아버지는 이곳에서 얼굴이 좀 알려져 있기에 아무도 의심을 안 한다고 하면서 말입니다.

다음 날, 아버지는 장보기를 거의 마치고 손님이 부탁한 대로 편지를 전해주었습니다. 물론 아무도 모르게 말입니다. 아버지는 이 지역에 잘 알려진 인물이어서 전혀 의심을 받지 않았습니다. 또 그로부터 답장도 받아들고 왔습니다. 그 이후로도 이런 심부름은 계속되었습니다. 아버지도 나라 잃은 설움을 많이 겪었던 터라 작은 일이나마 조국에 보탬이 되는 일이라고 자랑스러워하며 이 일을 계속 했습니다.

그러던 어느 날, 다시 그 손님이 왔습니다. 이번에도 또 무엇인가를 아버지 손에 건넸습니다. 아버지는 평소대로 받아 들었는데, 이전과는 다른 글자가 보였습니다. 그 글자는 놀랍게도 되도록 빠른 시간 안에 자리를 피하라는 것이었습니다.

그날 아버지는 식당 일을 마치자마자 홀로 쓰던 구석진 방에 앉았습니다.

'빨리 피하라니.'

'이제 막 안정적으로 정착하려던 시점이었는데…….'

이때는 시기적으로 매우 뒤숭숭한 시절이었습니다. 상하이에서 윤봉길 의사의 의거가 있은 지 얼마 되지 않은 시기였고, 만주 곳곳에서 산발적으로 독립군이 출현하고 있었던 터여서 일본의 감시가 눈에 띄게 심해지고 있었기 때문입니다. 그렇기에 아버지의 불안감은 더욱 심해질 수밖에 없었습니다. 그리고 그들이 무언가 꼬리를 잡은 것이고 아버지 역시 그 울타리에 들어왔던 것입니다.

아버지는 잠을 이루지 못한 채 밤새 고민을 거듭거듭 했습니다. 만약 내가 잡히게 되면, 고문도 고문이거니와 편지를 맡긴 사람이나 받은 사람이 무사할 거 같지 않다는 생각이 들었습니다. 그 불안감이 아버지를 더는 이 집에 머물 수 없게 했습니다. 고향을 떠나 겨우 자리를 잡아가던 시점에 아버지에게 새로운 결단을 내려야 할 시기가 왔던 것입니다.

그래서 아버지는 동이 트기도 전에 간단한 짐을 챙겨 들고 일하던 식당을 도망치듯 빠져나왔습니다. 이곳에서는 아버지의 얼굴이 많이 알려져 있기에 되도록이면 먼 곳으로, 아무도 알 수 없는 곳으로 가야 한다고 생각했습니다. 그 생각 끝에 내린 결론이 중국 내륙으로 들어가는 것이었습니다. 그래서 기차와 버스를 갈아타고 산하이관(山海關)에 이르렀습니다. 이곳을 넘어야 만주를 벗어날 수 있었기 때문입니다. 하지만 이곳을 통과하는 것도 쉬운 일이 아니었습니다. 검문이라는 또 다른 감시의 눈이 있었기 때문입니다. 아버지는 되도록 허름한 복장으로 또 수염을 붙이고 통문에 들어섰습니다. 다행히 아버지를 알아보는 사람은 아무도 없었습니다. 아버지가 간 곳은 북경이었습니다. 아버지의 얘기는 여기까지였습니다.

나는 궁금한 것이 있었습니다.

"아버지. 근데 그 편지를 전달해달라고 한 사람이 누구예요? 우리가 듣던 김좌진이나 홍범도, 그런 독립군들이에요?"

"내가 알기로는 그 사람들은 아닌 것 같다. 그들은 이미 먼 곳으로 도망을 갔기에 그곳에 없던 것으로 알고 있었거든. 아마 그곳에서 활동하던 또 다른 항일 세력이었던 같다. 하지만 알 수 없었다. 왜냐하면, 서로에 대해 묻는 거 자체가 위험한 일이었기에 되도록 안 묻는 게 좋았던 때였지."

이때, 나는 머리만 아프다고 늘 누워 있는 아버지가 결코 무능한 아버지가 아니었다는 것, 그리고 아픈 머리로 늘 나를 귀찮게 하던 아버지가 아니라는 것을 처음으로 알게 되었습니다.

"근데, 아버지! 아버지도 독립유공자가 되어야 하는 거 아니에요?"

"유공자? 내가 어떤 조직에 속한 것도 아니고……. 또 그런 거 안 되면 어떠냐? 마음이 중요한 거지!"

아버지는 잠시 일어나서 먼 산을 응시했습니다. 그의 머릿속에는 그 옛날 자신을 매개로 활동하던 독립운동가들의 모습이 그려지고 있는 것처럼 보였습니다.

엄마의 떡판

　　　　　　　　　살림이 어렵다 보니 우리 집은 살기 위해서는 어떤 일이든 해야 했습니다. 아버지 혼자의 수입만으로는 부족했기에 엄마도 삶의 현장으로 나가야 했던 것입니다.

　내가 아주 어릴 적 이야기입니다. 너무 어렸기에 그 나이가 정확히 몇 살인지는 몰라도 겨우 걸음마를 시작한 이후라고 기억됩니다.

　이때 엄마가 했던 것 가운데 하나가 떡장사였습니다. 엄마는 도맷집에서 떡을 가져온 후, 그것을 머리에 이고 이 동네 저 동네 팔러 다녔습니다. 어떤 날은 다 팔고 오기도 했지만 어떤 날은 반도 못 팔고 왔습니다.

　나는 그런 엄마를 문턱에 앉아 기다렸습니다. 가랑이가 터진 옷을 입고 말입니다. 그것은 바지를 내리지 않고도 소변을 볼 수 있는 장점이 있는 옷이었습니다. 그래서 나뿐만 아니라 대부분의 동네 아이들은 가랑이가 터진 옷을 입고 있었습니다. 소변이 마려우면 바지도 내릴 것 없이 그냥 서서 일을 보기만 하면 되었습니다. 여자애들도 마찬가지로, 그들도 그냥 앉아서 힘만 주면 소변 보는 일을 마칠 수 있었습니다.

나는 소변을 이곳저곳 돌아다니며 보았지만, 어떤 날은 밖으로 나가지 못해 문턱에 앉아서 보는 경우도 있었습니다. 그러면 엄마가 돌아와서 그것을 치워주었습니다. 그러다 보니 종이로 바른 방바닥은 불어터지거나 찢어지기 일쑤였고, 냄새 또한 만만치 않았습니다.

그런 풍경들은 마치 인도라는 국가의 일상과 비슷한 것처럼 보였습니다. 인공이 전혀 가미되지 않은 자연 그대로의 일상이었기 때문입니다.

장사를 나간 엄마는 대부분 저녁 때가 되어서야 돌아왔습니다. 하루종일 기다린 터이니 엄마가 돌아오면 너무나 반가웠습니다. 그리고 떡이 조금이라도 남아 있으면, 그것을 먹을 수 있기에 더욱 좋았습니다. 남겨진 떡은 쉽게 상해서 다음 날 또다시 팔 수 없었기에 먹어야만 했던 것입니다.

그날도 여느 날과 마찬가지로 문턱에 앉아 엄마를 기다리고 있었습니다. 늘 그러하듯 소변을 제대로 가리지 못해 문턱에는 소변이 한가득 차 있었습니다.

그런데 오늘은 엄마가 예전과 달리 좀 일찍 돌아왔습니다. 나는 너무 좋은 나머지 "엄마" 하고 불렀습니다.

하지만 그런 나를 보고도 엄마는 표정이 별로 좋지 않았습니다. 그런데 자세히 보니 다리 한쪽을 절뚝거리는 것이었습니다.

"엄마! 왜 그래?"

"어디 아파?"

그러면서 나는 엄마의 떡판을 보았습니다. 오늘은 떡이 제법 많이 남아 있었습니다. 속으로는 '저걸 먹을 수 있다니' 하고 생각하니 내심 좋기도 했습니다.

하지만 떡판을 한쪽에 놓은 엄마의 표정은 아까보다 더 어두워 보였습니다.

"엄마! 어디 아파?"

다시 한번 물었습니다.

"아니, 괜찮아. 개한테 조금 물렸을 뿐이야!"

"응?"

나는 놀랐습니다. 다시 엄마의 다리를 보았습니다. 거기에는 커다란 이빨 자국이 위아래로 나 있었고, 벌겋게 부어오른 상태였습니다.

"떡을 팔려고 들어갔는데, 개가 있지 않겠니! 그래서 얼른 나왔는데, 아, 그놈의 개가 밖으로 따라 나오더니 다리를 물더구나!"

엄마는 이때의 상황이 떠오른 듯 전율하며 말했습니다.

엄마의 상처를 '호~' 하고 불었습니다.

"괜찮아! 며칠 지나면 좋아지겠지."

하면서, 엄마는 방바닥에 누웠습니다.

저녁에 아버지가 돌아왔습니다.

"아부지, 엄마가 개한테 물렸대!"

"뭐라고?"

아버지는 엄마의 다리를 보았습니다. 그러고는,

"이거 큰일 났네! 광견병에 걸리면 어떡하나?"

아버지는 한숨을 쉬었습니다.

"아부지, 광견병이 뭐예요?"

"아, 그거? 광견병에 걸린 개에게 물리면 걸리는 병이야."

그러나 걱정은 많이 되었지만, 어떻게 할 방법이 없었습니다. 병원에 갈 형편은 못 되었고, 개 주인에게 항의를 할 수도 없었습니다. 사람이 잘못했다고 우기는 것이 이때의 풍토였기 때문입니다.

"그저 아무 일 없이 지나가기를 바랄 수밖에 없구나!"

엄마는 깊은 한숨을 쉬며 말했습니다.

그럭저럭 며칠이 지났습니다. 엄마의 상처는 서서히 아물었고, 광견병 징후는 나타나지 않았습니다. 정말 다행이었습니다.

부끄러운 하루

학생의 학교생활이나 학생의 신상 등 기타 궁금한 점이 있으면, 부모가 직접 학교에 가거나 전화로 물어보는 것이 요즈음의 현실입니다. 하지만 전화가 귀했던 시절에 이런 식의 상담은 불가능했습니다. 그래서 몇몇 선생님들은 가정을 직접 방문해서 학생의 가정환경이나 학생에 대한 궁금점을 물어보고자 했습니다.

학교에서 학생의 가정환경을 파악하는 데는 이런 방식 말고도 '가정환경 조사서'라는 것이 있었습니다. 대분류와 소분류를 통해 자기 집이 소유하고 있는 항목들에 대해서 체크하는 것이 '가정환경 조사서'였습니다. 학교에서는 각 가정에서 보유하고 있는 물품 등을 이 조사서를 통해서 일목요연하게 파악할 수 있었고, 이를 토대로 학생이 처한 환경이 어떠한지를 대략 이해할 수 있었던 것입니다.

'가정환경 조사서'에 나와 있는 항목들은 무척 많았습니다. 대부분 낯익은 것이었지만 경우에 따라서 낯선 품목들도 많았습니다. 텔레비전이나 전화기 등 우리들에게는 전혀 친숙하지 않은 것들이 제법 많은 항목을 차지하고 있었기 때문입니다. 농촌에서 이런 제품들을 가지고 있었던 가정은 거의 없었습니다. 그러나 무엇보다 우리를 낯설게 한 것은 침대 등등의 항목이었습니다.

'도대체 침대가 뭐하는 것일까. 올라가 잠을 자는 곳이라는데, 따끈한 방에서 자는 것이 당연한 것이거늘 어찌 올라가서 자는 경우가 있을까. 거기서 자면 방바닥처럼 따뜻한 것인가. 혹시 자다가 떨어지면 어떡하나.' 등등의 의문이 들었지만 그것이 어떻게 생겼는지 정확히 알 수 없었기에 그런저런 추측만 하고 있었을 뿐이었습니다.

그리고 가정환경 조사서를 작성할 때, 당황스럽기도 한 것이거니와 가장 하기 싫은 항목 가운데 하나가 부모님의 학력을 기록하는 것이었습니다. 일제강점기를 살았던 아버지와 어머니의 학력이 좋을 리가 없습니다. 겨우 소학교나 국민학교를 나왔으니 말입니다. 무학도 많던 시절에 이 정도의 학교라도 나온 것이 그나마 다행이라는 것이 엄마가 늘 나에게 하던 말씀이었습니다.

사정이 어떠하든 지금 내가 해야 하는 것은 부모님의 학력을 적는 일입니다. 거기에 모두 국졸이라고 써야 하는데, 이렇게 쓰는 것이 괜히 부끄럽고 찜찜하게 생각되었습니다. 이 시기 대부분의 학생들은 부모의 학력을 국졸이라고 적었기에 이상할 것은 없었습니다. 물론 경우에 따라서는 드물기는 하지만 중졸도 있었고, 고졸도 있었긴 했습니다.

국졸이라고 쓰는 것이 좀 어색한 건 아마도 선생님 때문이었는지도 모릅니다. 부모님들과 비교하면 선생님의 학력은 너무도 좋았는데, 그들 대부분은 고졸이거나 대졸이었습니다. 따라서 그들과 대비되는 국졸이 상대적으로 초라해 보였던 것입니다.

어떻든 이런 '가정환경 조사서'와는 별개로 선생님은 나의 가정생활이, 아니 학생들의 가정생활이 궁금했던 모양입니다. 그러니 가정을 방문하겠다는 것이 아니겠습니까.

선생님이 '가정 방문'을 하겠다고 한 날, 나는 집으로 돌아와서 선생님의 뜻을 이야기했습니다. 아버지와 어머니는 나의 말을 듣고는 아무 말씀도 안 하셨습니다. 다만 좀 망설이면서

"집이 너무 누추해서……."

라고 하시는 것이 전부였습니다.

이튿날 학교에서 돌아오니 집에 아무도 없었습니다.

'선생님이 오신다는데…….'

나는 잠시 망설이다가 혼자 선생님을 맞이하는 것도 좀 그렇고 해서 친구들과 그냥 놀러 나갔습니다. 실컷 놀고 난 다음 저녁이 다 되어서 집에 돌아왔습니다. 부모님은 지금껏 오시지 않았습니다.

부끄러운 하루

41

다음 날 학교에 갔습니다. '선생님은 분명 오셨을 텐데, 만나지 못해서 어떡하나' 하고 망설일 때, 수업이 끝났습니다. 그런데 선생님은 수업을 한 후에 전체 학생들에게 이런 말을 하는 것이었습니다.

"어제 어느 학생 집을 갔더니 아무도 없더구나. 집의 형편이 좋지 않다고 해서 집을 비운 거 같던데……. 그래도 그렇지……."

나를 두고 하는 말이었습니다.

사실 우리 집을 누구에게 보여준다는 것은 커다란 용기가 필요했습니다. 단칸방에 지붕이 낮아서 성인이 제대로 설 수 없는 아주 조그만 초가집이었습니다. 내부가 그러할진대 외부는 더 심한 경우였습니다. 제대로 된 대문도 없었거니와 그마저도 흙담의 양쪽 틈을 가마니로 막은 것이 전부였습니다. 게다가 지붕은 짚이 낡아서 변색되어 있었습니다. 초라하기 그지없는 집이었던 것입니다.

다른 애들 집의 경우도 형편은 대부분 비슷했습니다. 하지만 그들 집은 대문도 제법 그럴싸하게 있었고, 방 역시 두세 개 정도는 되었습니다. 비교하자면 그들 집은 궁전과 같은 것이었고, 우리 집은 외양간 수준에 머물고 있었던 것입니다.

집이 초라했기에, 선생님을 제대로 접대할 수는 없었을 것입니다. 그러니 부모님이 자리를 비운 것이라 생각한 것입니다.

그 후 며칠이 지났습니다. 학생들의 가정 방문을 해야 한다는 선생님의 집념은 무척 강했던 것으로 보입니다. 하루는 수업을 마치고 선생님이 나만 따로 불러 이야기했습니다.

"내가 어제 너희 집을 갔더니 저녁 식사를 하고 있는 거 같아서 그냥 나왔다."

라고 말씀하시는 것이었습니다.

"네. 그러셨어요?"

나는 당황스러워서 조그만 목소리로 이렇게 답을 하고 더 이상 말을 하지 않았습니다.

가정환경 조사서를 보고, 집의 외관을 보았으면, 나에 대해서는 대강을 이해하고 있었을 것입니다. '그럼에도 선생님은 나에 대해서 무엇이 더 알고 싶었던 것일까.' 의문은 꼬리를 물었습니다.

'학생에 대해 보다 심층적으로 이해한다.' 그것이 선생님의, 학생에 대한 지도 방침이었습니다.

하지만 이런 긍정적인 생각에도 불구하고 나의 부끄러운 이면을 들키고 나서는 그러한 생각이 싹 가셨습니다. 집에 대해서 늘 콤플렉스를 느끼고 있었습니다. 그런데 세상에서 가장 어려운 사람 가운데 하나인 선생님이 나의 집 구석구석을 본 것입니다. 나는 되도록 숨기고 싶은 것을 들킨 사람처럼 안절부절 못한 하루였습니다.

덕구

　　　　　　　　　우리 집에는 개 한 마리가 있었습니다. 이름은 덕구(德句)였습니다. '덕 있는 개'라는 뜻으로 아버지가 지은 것이지요. 이 개는 진돗개나 풍산개와 같은 소위 족보가 있는 것이 아니었습니다, 뿐만 아니라 이때 유행처럼 길렀던 셰퍼드 같은 그런 종류의 것도 아니었습니다. 덕구는 속된 말로 똥개였습니다.

　덕구는 비슷한 종류의 개들에 비해서 덩치가 좀 작은 편이었습니다. 하기야 사람도 제대로 먹지 못하는 마당에 개에까지 돌아갈 음식이 넉넉히 있을 리가 없었습니다. 따라서 우리가 그런 것처럼 덕구 역시 왜소한 편이었습니다.

　덕구는 나를 무척이나 좋아했습니다. 집 밖으로 나가면 내 곁에 따라오면서 늘 같이 다니려 했습니다. 내가 멀리 갈 경우에는,

　"너랑 같이 갈 수 없는 곳이야."

하며 집으로 돌려보내곤 했습니다. 그런데도 다시 집에 돌아오면, 덕구는 나를 무척이나 반갑게 맞아주었습니다.

덕구는 학교에 갈 때도 언덕 위까지 따라와 내가 보이지 않을 때까지 계속 쳐다봤습니다. 덕구가 언제까지 그곳에 있었는지는 모르지만, 학교를 마치고 집에 돌아올 때도 늘 그 언저리에 있었습니다.

학교 종이 울리고 교문에서 나오니까 저 언덕 너머에 덕구가 있었습니다. 나는 반가운 마음에 "덕구야!" 하고 크게 불렀습니다. 그러면 덕구는 고개를 한 번 크게 들어 올리고서는 이내 내 앞으로 달려왔습니다. 가끔 차가 다니는 넓은 신작로에까지 달려 나오기도 했습니다. 그렇게 해후한 우리는 한참 동안 서로 안고 쓰다듬고 핥고 했습니다.

그렇게 지내는 사이 무더운 여름날이 되었습니다. 엄마는 덕구를 팔아야 한다고 했습니다. 사람 먹을 식량도 없고, 더구나 덕구 먹일 음식은 더더욱 없다고 하면서 말입니다. 나는 안 된다고 했습니다. 덕구가 없으면 내가 너무 심심했기 때문입니다. 그래서 팔지 말라고 떼를 썼습니다. 엄마는 아무 말을 하지 않았지만, 엄마가 내 청을 들어줄 거라고 믿었습니다.

며칠이 지났습니다. 덕구는 이날도 학교 가는 나를 따라 언덕까지 쫓아왔습니다. 덕구는 늘 하던 대로 내가 안 보일 때까지 서서 바라보았습니다. 하지만 왠지 오늘은 자꾸 불안했습니다. 한편으로 덕구가 걱정되기도 했지만, 덕구를 팔지 않기로 한 엄마를 믿고 싶었습니다. 하학종이 울렸습니다, 나는 교문 밖으로 얼른 나왔습니다. 그런데 저 멀리 언덕에 있어야 할 덕구가 보이지 않았습니다.

"덕구야!"

"덕구야!"

하고 크게 외쳤지만 나오지 않았습니다.

'어디가 아픈가? 왜 안 보이지?' '혹시 팔려간 거 아닌가?' 갑자기 불길한 생각이 들었습니다.

얼른 집으로 달려와서 다시 "덕구야!" 하고 불렀습니다. 하지만 덕구는 나타나지 않았습니다.

"학교 갔다 왔니?"

"엄마! 덕구는?"

다급히 물었습니다.

엄마는 조그마한 소리로 말했습니다.

"오늘 개장사가 와서 가져갔다."

"네?"

힘이 쭉 빠졌습니다.

"덩치가 적다고 돈은 조금밖에 못 받았구나! 원, 어디 제대로 먹었어야지!"

이 말을 듣고 밖으로 뛰어나가며 "덕구야!" 하고 불렀습니다. 하지만 덕구는 어디에도 없었습니다.

집 밖에 나갔다가 돌아와도, 학교에서 돌아올 때도 나를 반갑게 맞아줄 덕구는 이제 없었습니다. 한편으로는 무척이나 서운했지만, 먹을 양식이 없다는 데에 할 말이 없었습니다.

그런데 개장사에게 팔려간 덕구의 소식은 뜻밖에도 그 다음 날 들을 수 있었습니다. 덕구의 소식을 전해준 것은 둘째 형이었습니다. 그는 올해 논산 시내에 있는 중학교에 입학한 터였습니다. 하굣길에 어떤 개장수 집 앞을 지나치다가 거기에 묶여 있는 덕구를 우연히 발견했다는 것입니다. 형도 반가웠지만 더 반가워한 것은 덕구였습니다.

덕구는 형을 보더니 꼬리를 치면서 "낑낑!" 소리를 냈습니다. 따라오려고 마구 몸부림쳤다는 것입니다.

이 소식을 듣고 엄마한테 다시 한번 졸랐습니다. 며칠 굶어도 좋으니 다시 덕구를 데려오자고 말입니다. 엄마도 마음이 무척 흔들리고 있었습니다. 그런데도 쉽게 결정을 내리지 못했습니다.

"사람 먹을 식량도 없는데, 덕구 먹을 식량은 더더욱 없고……."
하며 깊은 한숨을 내쉬는 것이었습니다.

나는 덕구 생각에 잠을 잘 수가 없었습니다.

다음 날 학교에 가서도 덕구 때문에 아무것도 할 수 없었습니다. 학교를 마치고 얼른 집으로 돌아왔습니다. 마을 어귀에서 둘째 형을 기다렸습니다. 덕구 소식이 궁금했기 때문입니다.

"아직도 덕구가 있었어."

"근데 어제보다 더 따라오려고 하더구나. 마치 줄을 끊을 듯이 몸부림치고······."

　형의 말을 듣고 덕구가 불쌍해서 견딜 수가 없었습니다. 저녁
에 다시 한번 엄마를 졸랐습니다.

　"아직 덕구가 살아 있대."

　데려오자고 마구마구 떼를 썼습니다. 엄마도 그러고 싶다고
했습니다. 하지만 어제와 달라진 것은 하나도 없다고 했습니다.
그러면서

　"한 번 더 생각해보자".

하는 것이었습니다.

　나는 너무 신났습니다.

　다음 날도 학교를 마치자마자 마을 입구에서 형을 기다렸습니
다. 덕구 소식이 너무도 궁금했습니다. '덕구를 곧 볼 수 있을 거
야. 아마도 내일쯤은 데려올 수 있을지도 몰라.' 하면서 말입니다.

　저 멀리 형이 보였습니다. 그런데 형의 모습이 왠지 힘이 없어
보였습니다.

　"덕구는?"

　"덕구가 사라졌어!"

　"없다구······?"

　나는 멍하니 하늘을 바라보았습니다.

　그리고는 뒤쪽 굴뚝에 쪼그리고 앉아 덕구 생각에 하루 종일
울었습니다.

막내가 세상에 오던 날

나는 4남 2녀 가운데 맨 끝입니다. 성장기에 이르기까지 이 순서는 변하지 않아서 늘 막내 취급을 받았습니다. 이런 위치가 어떤 때는 좋기도 했고, 또 어떤 때는 나쁘기도 했습니다. 좋을 때는 주로 먹을 것이 있을 경우입니다. 막내이니까, 곧 가장 어리니까 내가 굳이 노력을 하지 않아도 먹을 것이 나만의 몫으로 자연스럽게 남겨졌습니다.

그러나 반대의 경우도 있었습니다. 주로 옷과 관련된 일이었습니다. 나는 주로 형들이 입던 옷을 다시 입곤 했습니다. 하지만 제대로 된 옷은 거의 없었습니다. 내림차순으로 계속 입었던 탓에 성한 옷은 거의 없었던 까닭이지요. 그 가운데 가장 보기 싫은 것이 덧대어 꿰맨 자국이었습니다. 제일 먼저 손상이 간 곳은 무릎과 팔꿈치 부분이었습니다. 이렇게 해진 것은 기어 다닌 결과였습니다. 내가 입는 옷들은 대부분 이곳이 손상되어서 꿰매진 것들뿐이었습니다. 형들처럼 새 옷을 입고 싶었지만, 그것은 힘든 일이었습니다. 옷을 식구대로 넉넉히 살 수 없었기에 아래로 아래로 계속 물려받을 수밖에 없었기 때문입니다.

새 옷은 언제나 그림의 떡이었습니다. 그런 연유로 새 옷을 선물로 받을 때가 가장 좋았습니다. 그것은 지금도 여전히 그러합니다.

엄밀히 따지고 보면, 나는 원래 막내가 아니었습니다. 동생이 있었기 때문인데, 나이는 나보다 세 살 밑이었습니다. 이름이 원순이라는 여자애였습니다. 그의 탄생이 있고 난 이후 나는 이 막내라는 꼬리표를 벗어던질 수 있었습니다. 물론 한시적인 경우였지만 말입니다.

1965년 어느 여름날이었습니다. 정확히는 내가 만 세 살 때였는데, 동생이 태어났습니다. 몇 살까지 기억할 수 있는가가 한때 화두가 된 적이 있었는데, 아마 내가 세상에 태어나서 제일 자세히 기억할 수 있었던 것 가운데 하나가 동생의 탄생이 아니었나 싶습니다. 그만큼 이때의 기억은 지금까지도 선명하게 남아 있습니다.

동생이 태어난다고 하기에 이제 나도 오빠가 되나 보다 하는 생각 정도가 있었을 뿐, 그것이 어떤 변화를 가져오는 것인지는 정확히 알지 못했습니다. 어떻든 동생이 태어난다고 하니 집안이 부산하게 움직이고 있었습니다.

여름 저녁, 모든 가족들은 집 앞 조그만 공터로 나왔습니다.

멍석 하나를 펴고 옹기종기 앉아 있었던 것이지요. 얼마 지나서 멀리서 낯선 아주머니 한 분이 오셨습니다. 이분이 정확히 누구인지는 알지 못했지만 동생의 출생을 도우러 오는 분이라고 했습니다. 바로 산파였던 것입니다.

이 시기 아기들은 모두 이런 식으로 집에서 태어났습니다. 병원에서 출산하는 경우는 거의 없었습니다. 그런 일은 마을의 부자 정도나 할 수 있었습니다.

방에는 어머니와 산파, 그리고 아버지가 있었습니다. 큰누나는 심부름을 위해 대기하고 있었고, 계속 필요한 무언가를 갖다주곤 했습니다. 그중에 하나가 커다란 세숫대야였는데, 누나는 거기에 물을 담아서 연신 방으로 들여갔습니다.

우리는 동생이 태어날 때까지 계속 밖에서 기다렸습니다. 그러는 동안 나는 멍석에 누워 어두컴컴한 밤하늘을 보았습니다. 거기에는 수많은 별들이 반짝반짝 빛나고 있었습니다. 하늘에 별이 이렇게 많다는 것을 이때 처음 알았습니다.

그러나 이런 생각은 곧 괴로움으로 바뀌었습니다. 모기가 사정없이 달려들었기 때문입니다. 형들은 괴로워하는 나를 위해 연신 부채질을 했습니다. 그것이 효과가 있었는지 모기는 더 이상 들러붙지 않았습니다.

시간이 그렁저렁 흘러갔습니다. 얼마의 시간이 지난 후에 이윽고 방에서 애기 우는 소리가 들렸습니다. 동생이 태어난 것이지요. 누나의 발걸음은 더욱 빨라졌고, 계속해서 대야에 물을 떠

51

서 방으로 나르기 시작했습니다.

　이런 과정을 몇 번 반복하고 난 다음, 산파 아주머니가 밖으로 나왔습니다. 그리고는 이제 방에 들어가도 된다고 했습니다. 나는 동생이 태어났다고 하니 좀 신기한 생각이 들었습니다. 도대체 아기란, 동생이란 어떻게 생겼을까 하고 말입니다. 그래서 얼른 방으로 들어가 보았습니다.

　아버지가 동생을 안고 있었습니다. 하지만 아기는 아버지의 품에 안겨 눈만 꿈벅거릴 뿐 어떠한 반응도 없었습니다. 무더운 여름날, 밖에서 기다린 그 오랜 시간들과, 새로운 생명이 탄생하는 순간들은 그 이후로 나의 기억 속에 오래오래 남아 있습니다.

3년의 인연

병원이 아닌, 집에서 어렵사리 태어난 원순이는 무럭무럭 자랐습니다. 동생이 생겼다는 것이 좀 낯설긴 했지만, 나도 이제 막둥이 신세를 벗어났다는 사실이 또한 신기하기도 했습니다.

그러나 좋지 않은 점도 있었습니다. 더 이상 막둥이로서 누렸던 혜택이 없어진 것이지요. 그 가운데 하나가 군것질의 순간이었습니다. 여름철, 마을에는 가끔 아이스께끼 장사가 왔습니다. 커다란 나무통에 얼음을 채워 넣고 아이스께끼를 넣은 다음 마을 곳곳을 돌아다니면서 팔았습니다. 저 멀리서,

"아이스께끼!"

하는 소리가 들리면 장사가 왔다는 증표가 되었고, 이 소리를 듣는 것만으로도 신나는 일이었습니다. 정말로 먹고 싶었기 때문입니다. 하지만 장사가 온다고 해도 아이스께끼를 먹을 수 있는 것

은 아니었습니다. 아버지가 늘 사준 것은 아니었기 때문이지요.

그런데 동생이 생기면서부터는 이제 그 기회마저 사라졌습니다. 동생만 더러 사주고 내게는 사주지 않았기 때문입니다. 동생이 먹는 것을 보고 나는 그저 물끄러미 바라볼 뿐이었습니다.

'한번 먹어보라고 안 주나?'

하고 기대해보지만, 동생은 냉정하게 외면했습니다.

1968년 어느 무더운 여름날이었습니다. 아이스께끼 장사가 왔습니다. 이날도 아이스께끼는 동생의 차지였습니다. 나는 한 번 먹자고 꼬드겼습니다. "살짝 빨아만 먹겠다"고 한 것이지요.

동생은 그러라고 했습니다. 나는 내친김에 한 번 크게 베어 먹었습니다. 그랬더니 동생이 마구 울었습니다. 이 소리를 듣고 아버지는,

"왜 동생을 울렸느냐?"

하면서 나를 무척 혼냈습니다. 나와 동생의 관계는 늘 이런 식이었습니다. 막둥이의 지위를 잃었지만, 그렇다고 동생을 미워한 적은 없었습니다.

이 일이 있은 며칠 후, 엄마는 떡을 한다고 했습니다. 다른 사람은 몰라도 내 생일에는 시루떡을 꼭 해주셨는데, 오늘이 그날이었습니다. 떡을 하기 위해서는 솥 위에 시루를 올려놓고, 밑에서 가열해야 했습니다. 그러면 물이 끓으면서 뜨거운 수증기가 올라와 떡을 찌는 것이었습니다. 이때 수증기가 새어나가지 않도

록 솥과 시루 사이의 틈을 밀가루 반죽으로 꼭꼭 붙였습니다.

이렇게 만든 떡은 정말 맛있었습니다. 그리고 생일상으로 먹는 떡이니 기분이 더 좋았습니다. 그런데 웬일인지 이번에 만든 떡을 동생은 먹지 않았습니다. 그러고는 전과 달리 힘도 없고 또 시름시름 앓기 시작했습니다.

"엄마! 원순이는 떡 안 먹어? 어디 아파?"

물으니 어머니는,

"아! 배가 고팠는지 솥과 시루 사이에 붙인 밀가루 반죽을 떼어 먹더니 체했는지 열이 나고 뭘 먹지도 못하는구나!"

하루가 지나도 동생의 병세는 나아지지 않았습니다. 열이 많이 날 뿐만 아니라 며칠 먹지 못해서 그런지 기력도 쇠잔해가기 시작했습니다. 물을 수저로 떠서 넣어주면 그것을 겨우 받아먹을 정도로 기운이 없었습니다.

동생의 병세는 나날이 악화되어갔습니다. 이를 보다 못한 엄마는 논산 시내 병원에 가야겠다고 하셨습니다.

엄마는 동생을 안고 버스로 병원에 갔습니다. 동생이 병원에 간 뒤, 나는 늘 하던 대로 친구들과 숨바꼭질도 하고 물놀이도 하며 놀았습니다. 논에 물을 대고 있던 커다란 물레방아에 올라가서 물을 퍼 올리는 시늉도 했습니다. 잠시 자리를 비운 듯 아무도 없었기에 올라가 놀았던 것이지요.

점심 때가 훨씬 지났습니다. 배도 고팠을 뿐만 아니라 병원에 간 동생도 궁금해서 그만 집으로 향했습니다. 마을 입구에 들어서니 저 멀리 집이 보였습니다. 그런데 집 앞에 택시가 서 있었고 이윽고 문이 열리더니 엄마가 동생을 안고 내리는 것이었습니다. 이 시골 마을에 택시가 들어온다는 것은 상상할 수 없는 일이었습니다. 그만큼 택시를 이용하는 것이 비쌌기 때문입니다. 택시는 우리 같은 사람들이 결코 탈 수 있는 교통수단이 아니었습니다.

너무 이상해서 나는 얼른 집으로 달려갔습니다. 문 안에 들어서자 엄마의 우는 소리가 들렸습니다. 그래서 더욱 궁금했습니다. 얼른 방문을 열었습니다. 거기에는 모든 가족들이 있었는데, 한결같이 울고 있었습니다. 이 와중에 동생은 가만히 누워 있는 것이었습니다.

"원순이가 죽었대!"

"어?"

죽는다는 것은 곧 더 이상 함께 살 수 없다는 것이었습니다. 그것이 나를 슬프게 했습니다. 나도 따라 울었습니다. 가족과 함께 그렇게 오랫동안 엉엉 울었습니다.

그러면서 한편으로는 동생의 얼굴도 보았습니다. 편안히 잠든 얼굴이었는데, 가끔 입에서 거품이 조금씩 나왔습니다.

"입에서 거품이 나와! 안 죽었나 봐!"

살아 있을 수 있다는 증표인 거 같아서 크게 말했습니다. 아무도 답을 주지 않았습니다.

동생의 손을 만져봤습니다. 아직은 따뜻했고, 또 내 손을 잡을 수 있다는 듯 펴지자마자 이내 오그라들기도 했습니다.

저녁 때가 다 될 때까지 울었습니다. 장마가 시작되던 여름날입니다. 아기는 무덤을 만들지 않는다고 하시면서 아버지는 옆집 아저씨와 함께 동생을 이불에 쌌습니다. 동생이 늘 덮고 자던 이불이었습니다. 하나밖에 없는 동생은 비가 무던히도 내리던 여름날 그렇게 우리 곁을 떠나갔습니다.

나중에 들으니 동생은 정말 어처구니없이 죽었다는 사실을 알게 되었습니다. 동생의 죽음이란 곧 당시 우리네 삶의 수준을 대변하는 것이 아니었을까 하는 서글픈 생각이 들었습니다.

열이 펄펄 끓고 며칠간 굶은 동생을 데리고 간 곳은 조산소였습니다. 논산 시내에 어떤 병의원이 있었는지 모르지만, 엄마는 용하다는 '산파'가 있다고 해서 그리로 데려간 것입니다. '산파'는 출산할 때 아이를 받아주는 사람일뿐 정식 의사가 아니었던 것이지요. 엄마는 그것을 몰랐습니다. 그 역시 의사라 믿은 것이지요.

이 산파는 동생이 며칠 굶었다는 말을 듣고 무조건 링거 주사를 꽂았습니다. 이 주사를 맞으면서 동생은 곧바로 숨을 거두었습니다.

동생이 죽었다는 말을 듣고, 이웃집 양수기를 고치고 있던 아버지는 '병원', 아니 '조산소'로 달려왔습니다. 그러고는 동생을 살려보겠다고 동생의 코에 바람을 불어 넣어 인공호흡을 시도해보았습니다. 하지만 동생은 살아나지 않았습니다. 이때 동생의 나이 겨우 만 세 살이었습니다. 그는 호적도 없었고, 사진도 없었습니다. 바람처럼 왔다가 또다시 바람처럼 사라져간, 내 기억 속의 동생이었을 뿐이었습니다.

아버지의 두통

분단된 것도 모자라 1950년 한국전쟁이 시작되었습니다. 해방 이후로 많은 문제점들이 해결되지 못한 채, 전쟁이 일어난 것이었습니다. 새로운 국가 건설을 하는 데 있어 무언가 깔끔하게 정리되지 못했다는 것은 많은 갈등이 내포되어 있다는 뜻과도 같았습니다.

전쟁이 일어나자 피난 가는 사람도 있었고, 그렇지 않은 사람도 있었습니다. 그런데 피난을 떠나지 않는 사람들은 나름대로 이유가 있었습니다. 하나는 잘못한 것이 없는데, 굳이 피난을 가야 할 이유가 없었다는 것이고, 다른 하나는 남과 북의 어느 지역도 결국 똑같은 조국이 아닐까 하는 생각, 그리고 그에 따른 선택의 문제였습니다. 일제강점기를 거치면서 형성된 사회적 갈등이 해방 이후에도 고스란히 이어졌기에, 이를 처리하는 과정이 체제를 선택하는 데 있어서 중요한 기준이 되었던 것입니다.

불과 5년 만의 분단이지만 전쟁을 경과하면서 표출된, 서로에 대한 분노는 무척 큰 것이었습니다. 하나의 세력이 가고 다른 세력이 들어오게 되면, 협력했던 사람들에 대한 제재랄까 복수가 무척이나 심했다고 합니다.

인민군이 내려왔을 때에도, 국군이 올라왔을 때에도 이런 현상은 어김없이 반복되었습니다. 그들을 적극적으로 환영하는 사람이 있는가 하면, 속으로 내심 반기는 사람도 있었다고 합니다. 물론 그 반대의 경우도 있었구요.

이때 아버지는 이미 서른 살을 훌쩍 넘긴 시기였기에 군대라는 현장에서 어느 정도 비껴서 있었습니다. 남쪽의 젊은 층들은 남쪽 군대에 편입하기도 했지만 그렇지 않은 경우도 있었습니다. 오촌 당숙이 그러했습니다. 그는 인민군의 편에 서서 소위 부역이라는 것을 했습니다. 부역이란 사전적 의미 그대로 상대편에 서서 어떤 일을 하는 것이었습니다. 그 협조가 어느 정도의 것이었는지는 모르지만 그는 어떻든 당시에 친일파와 결탁한 이승만 정부를 좋아하지는 않았다고 합니다. 그것이 부역으로 발전한 원인 가운데 하나가 되었던 것으로 보입니다.

한국전쟁은 한쪽만의 일방적인 승부를 허락하지 않았습니다. 패퇴했던 국군이 다시 북상하면서 인민군은 물러가게 되었습니다. 그런데 문제는 그다음에 일어났습니다. 국군이 점령하면서 인민군 치하에서 소위 부역을 했던 사람을 색출하는 작업이 시작되었던 것이지요. 그 분위기는 무척이나 살벌한 것이었습니다.

만약 잡히게 되면, 재판 없이 바로 총살형에 처했던 것이 이때의 상황이었기 때문입니다.

세상이 바뀌었으니 부역을 했던 오촌 당숙은 도망갈 수밖에 없었습니다. 아무도 모르는 산으로 피신을 하게 된 것이지요.

아버지가 이 일에 연루된 것은 우연 중의 우연이었습니다. 건강이 좋지 않았던 작은할아버지의 안부를 묻기 위해서 그 집에 간 것이 계기가 되었습니다. 당시 작은할아버지는 서대문의 영천동(靈泉洞)에 살고 계셨는데, 전쟁통에 문안 인사를 갔다가 군경과 마주한 것입니다. 아버지를 본 그들은 다짜고짜로,

"너, 도망간 놈의 연락책으로 여기에 왔지?"

"네?"

"사촌 동생의 소식을 전해주기 위해서 여기에 온 거 아니냐구!"

그들은 무섭게 다그쳤습니다.

"아닌데요."

"뭐? 아니라고?"

"야! 이놈하고 그 애비 끌고 가."

경찰과 군인으로 구성된 당국은 작은할아버지와 아버지를 이름 모를 건물의 지하실로 끌고 갔습니다. 먼저 작은할아버지를 의자에 묶어놓고 다그치기 시작했습니다.

"네 아들 숨은 곳을 대라!"

"어디로 갔어? 빨리 말해."

"얼른 말하면 늙은 당신을 봐서 선처해줄 수도 있어."

하지만 이들의 말은 믿을 수가 없었습니다. 수많은 처형들이

곳곳에서 벌어지는 현장들을 똑똑히 보아왔기 때문입니다. 작은 할아버지는 모르쇠로 버텼습니다. 이때 그를 이런 위기에서 일단 벗어날 수 있게 한 것은 그의 나이도 한몫 했습니다. 작은 할아버지는 이미 50을 넘겼기에 노인이 다 되어 있었기 때문입니다. 법이 없는, 아무리 험악한 세상이라고 해도, 노인이었던 그를 함부로 다루는 것은 어려운 일이었습니다.

하지만 이것 말고도 그를 외면한 또 다른 좋은 이유가 하나 더 있었습니다. 바로 젊은 아버지가 있었기 때문입니다. 은신처를 알고 있었던 아버지의 입만 열게 하면, 굳이 노인을 건드리지 않고도 그들의 목적을 달성할 수 있을 것입니다.

아버지는 이 순간부터 지옥을 경험하게 됩니다. 그들은 아버지를 의자에 묶어두고는 취조하기 시작했습니다.

"네 이름과 주소가 어디야?"

"송호영이구요. 익산군 여산면 원수리에서 삽니다."

"야, 니 사촌 동생 어디 있어?"

"바른 대로 말해, 괜히 고생하지 말고."

"실컷 두들겨 맞고 실토하느니, 좋은 말로 할 때 말해."

"모릅니다."

그랬더니 그들은

"아니, 이 자식! 말로 해서는 안 되겠구만!"

건장한 청년 두 명이 각목을 쥐고 아버지의 곁으로 왔습니다.

"다시 한번 기회를 주지."

"니, 사촌 동생이 어디 숨었어?"

"모릅니다."

"야, 말로는 안 되겠다."

"본때를 보여줘라."

그들은 아버지 양쪽 곁에 서서 각목으로 내리치기 시작했습니다. '모른다'는 대답이 떨어질 때마다 어깨로 내려오는 각목의 세기는 더욱 강해졌습니다.

아버지의 어깨는 피로 물들기 시작했고, 이따금씩 기절까지 했습니다. 그들은 기절한 아버지에게 물을 끼얹어 깨운 다음, 고문을 계속 이어갔습니다.

이런 식의 고문과 폭력은 하루 이틀이 지나도 끝나지 않았습니다. 몇 날 며칠 동안 진행되었는지 모를 정도로 계속 반복되었습니다.

아버지는 더 이상 버티는 것이 불가능할 정도로 피폐해졌습니다. 인내심에 한계가 오기 시작한 것이지요. 어깨는 거의 주저앉을 정도로 무너져 내리고 있었습니다.

고문을 이겨내기란 불가능한 것이었습니다. 그래서 당숙이 숨어 있는 곳을 말하려고 했습니다. 그런데 고개를 드는 순간 맞은편에 묶여 있던 작은할아버지가 어른거렸습니다. 그의 눈은 충혈되어 있었고, 아버지 못지않게 떨고 있었습니다.

'저 아이가 고문에 못 이겨 숨은 곳을 말하게 되면, 우리 아들은 어떻게 되나! 곧바로 죽게 될 텐데.'

하는 두려움으로 휩싸여 있는 듯했습니다. 할아버지의 그 눈동자가 그 어떤 고문보다 아버지를 더 힘들게 했습니다. 아버지는 다시 이를 악물기로 했습니다.

뭔가 변할 듯한 아버지의 태도가 바꾸어버리자 그들의 고문은 다시 시작되었고, 그 강도는 더욱 세졌습니다. 각목으로 어깨를 내리치는 세기와 빈도가 더욱 강해진 것이었습니다. 기절과 깨어남이 거듭 반복되었지만 아버지는 끝까지 견뎠습니다.

고문이 계속될수록 젊은 아버지의 육신은 망가져갔고, 생에 대한 희망마저 잃기 시작했습니다. 제어되지 않는 그들의 고문은 잔인했으며, 어디에다 호소할 곳도 없었습니다.

그들이 모두 나간 뒤에 작은할아버지는 말했습니다.

"내 아들 살리자고…… 네가 받는 고통이 너무 크구나."
하고 흐느꼈습니다.

"아닙니다. 버틸 수 있습니다."

아버지는 흐느끼는 작은할아버지를 안심시켜드렸습니다.

다시 고문이 시작되었습니다. 고문이 시작된 지 많은 시간이 지나갔고 그 알 수 없는 여백들이 있었습니다. 아버지의 의식은 가물가물해졌고, 겨우 숨만 쉴 수 있는 정도가 되었습니다.

이제는 더 이상 버틸 힘도, 살 수 있다는 희망도 보이지 않았습니다. 지하실에 아침 햇살이 들어왔습니다. '아직 내가 살아 있구나' 하고 느끼는 순간, 그들 사이에 오가는 소리가 희미하게 들렸습니다.

"이렇게 지독한 놈은 처음 본다."

"그놈 잡기는 틀렸다."

"풀어줘라."

그날 오후, 아버지는 그 악마 같은 소굴에서 풀려날 수 있었습니다. 밖의 공기를 마신 지도 오래되었습니다. 평생 나오지 못할 것 같던 그 바깥에는 어머니가 기다리고 있었습니다.

아버지는 평생 두통에 시달렸습니다. 내가 태어나고 아버지라는 존재를 알게 된 이후 그의 입에서 하루도 "머리 아프다"라는 말을 듣지 않은 적이 없었습니다. 내가 학교에서 돌아오면 아버지는 언제나 머리를 만져달라고, 그러고는 꼭 눌러달라고 하셨습니다. 하루 한 시간 정도는 늘 그렇게 했습니다. 하지만 그 두통의 원인이 뭔지는 알 수가 없었습니다. 좋은 의료 진단 장비가 나온 이후에도 그 원인을 찾지 못했습니다.

아버지는 두통을 약으로 버텼습니다. 돌아가시기 직전에는 그 양이 옆에서 보기가 힘들 정도로 많아졌습니다. 거의 한 주먹씩 드셨는데, 어린 시절 내가 기억하는 두통약만으로도 사리돈, 뇌신, 뇌선 등등 헤아릴 수 없었습니다.

그는 내가 대학 1학년 때인 82년 한 많은 세상을 등졌습니다. 나는 아버지가 돌아가셨다는 말을 전해 듣고,

"아버지! 저 세상에서는 제발 머리 아프지 마."

하는 말이 저절로 튀어나왔습니다.

서울에서 고향 집으로 돌아온 후, 나는 아버지의 시신을 보고 놀랐습니다. 양쪽 어깨가 시퍼렇게 변해 있었던 것입니다. 그것

은 멍 자국으로 보였습니다. 누군가에 의하면, 살아서 생긴 멍은 죽은 뒤에 다시 드러난다고 했습니다. 고문의 흔적이었던 건데, 정말 의학적으로 그런 건지는 잘 모르겠습니다.

아버지의 두통이 고문의 후유증이라는 것은 나중에 알았습니다. 어머니도 아버지의 두통은 그 이후 생겨났다고 했습니다. 그러나 당시에는 그의 두통이 고문에 의한 것이라고는 생각하지 못했습니다.

그런데 훗날 80년대 민주화투쟁 과정에서 많은 분들이 고문의 후유증으로 힘든 삶을 살고 있다는 사실을 알았습니다. 아버지 역시 이들이 당했던 것처럼, 그런 고문의 피해자였던 것입니다.

아버지는 단 한순간도 아프지 않은 세월을 살아온 적이 없습니다. 고문은 그의 삶과 꿈을 파괴했고, 그를 평생의 불구자로 만들었습니다. 도대체 아버지는 어떤 죄가 있어서 이런 고통을 받고 살아야 했던 것인지 이해할 수가 없었습니다. 고문은 그의 꿈을 앗아갔고 한 세월을 불구자 아닌 불구자로 살아가게끔 만들었습니다.

제2부

승부 없는 가을 운동회

반공 교육

학교에서 공부한 것은 교과 수업이 전부는 아니었습니다. 예절 교육뿐만 아니라 일주일에 한 번 혹은 한 달에 한두 번은 꼭 반공 교육을 받았습니다.

학년이 바뀌면서 새로운 과목도 있고, 연속되는 과목도 있지만, 어떻든 새로 배우는 지식은 언제나 재미있었습니다. 그러나 반공 교육은 그렇지 못했습니다. 그 내용이 아무리 새로운 것이라 해도 어떤 재미 같은 것은 느낄 수가 없었기 때문입니다. 어찌보면 낯설고 경우에 따라서는 두려운 시간이었다고 하는 것이 맞는 말인지도 모릅니다.

우리의 기억 속에 전쟁이 남아 있었던 것도 아니고, 또 이북 사람들(이때는 북한을 모두 이북이라고 불렀다)이 우리에게 어떤 일을 했는지도 우리는 알 수 없었습니다. 그런데도 우리는 그들이 우리에게 했다고 생각되는 것들, 혹은 그들 속에서 벌어지고 있는 일들에 대해 자주 교육받았습니다.

이 시간에 배운 내용들은 지식이 아니었습니다. 우리에게 강요하는 교육이었고, 때에 따라서는 두려운 것들로 가득 차 있었습니다. 수업이란 재미있고, 즐거워야 하는 것인데, 반공 교육은 이와 동떨어진 것이었습니다.

간첩이 뭐 하는 사람인지 모르지만, 어떻든 나쁜 사람이라고 교육받았습니다. 그래서 수상한 사람을 보면 꼭 신고해야 한다고 했습니다.

교실 앞에 펼쳐지는 괘도(차트)는 늘 그런 교육을 위해 준비되어 있었습니다.

'새벽에 산에서 내려오는 사람', '오래전에 사라졌다가 갑자기 나타난 사람', '갑자기 돈이 많이 생긴 사람' 등등이 그림으로 그려져 있었습니다.

선생님은 이런 사람들의 특성을 설명한 다음,

"간첩이 틀림없으니 꼭 신고해야 한다."

라고 강조했습니다.

한번은 이북의 가정에 관한 것들에 대해 교육받았습니다. 당이 모든 것의 위에 있어야 하니까 당을 위해서는 효와 같은 것은 얼마든지 무시될 수 있다는 내용이었습니다. 교실 앞에 큰 괘도가 설치되었고, 거기에는 이북 사람들의 생활상이 그려진 그림(만화)이 있었습니다. 엄마랑 아빠가 당을 비판하는 내용을 자식이 몰래 엿듣고 있는 그림이었습니다. 자식은 부모의 대화를 듣고,

그 내용을 당에 일러바친다는 내용이었습니다.

엄마, 아빠 곁을 떠나서 살아간다는 것을 상상해본 적이 없는 나는 이 그림을 보고 큰 충격을 받았습니다. 그리고 이런 일들이 아무렇게도 일어날 수 있다는 이북이 너무나 무섭게 느껴졌습니다.

그 충격 또한 무척이나 오래갔습니다. 학교에서 돌아와 엄마를 보니, 갑자기 이상한 생각이 들었습니다.

'우리나라 대통령을 싫다고 부모가 말하면, 나도 고발해야 하는 것인가'.

'그것이 국가를 위한 것이라고 하지 않는가.'

국가가 위에 있기 때문에 당연히 신고해야 하는 것으로 알고 있었습니다. 하지만 그럴 수 없는 것 아니겠습니까.

갈등은 계속 남아 있었습니다.

'만약 신고하지 않으면 나는 국가를 사랑하는 사람이 아닌 게 되는 것인가.'

'아니야! 그것은 이북에서만 그런다잖아!'

이렇게 속으로 속삭이면서도 뭔가 개운치 않은 구석이 계속 남아 있었습니다.

이런 혼란이 채 가시기 전에 또 다른 반공 교육이 있었습니다. 선생님은 이북은 정말 못사는 곳이라 했습니다. 모두가 굶주리고 헐벗고 해서 사람이 살 수 있는 곳이 아니라는 겁니다.

그러고는 또다시 괘도를 펼쳤습니다. 거기에는 일한 만큼 받을 수 있는 이북 노동자들의 월급이 그려져 있었습니다.

"이북에서는 일주일 꼬박 일해야 달걀 열 개를 받아요."

"그리고 한 달 열심히 일해야 고기 한 근을 받을 수 있답니다."

선생님의 이 말에 여기저기서 웅성거리는 소리가 들렸습니다.

"달걀?"

"고기?"

"너무 적은 거 아냐?"

"저거 가지고 먹고살 수 있나?"

그런데 나는 선생님의 말도, 친구들의 말도 진정성 있게 다가 오지 않았습니다. 이북 사람들이 받는 것이 많다거나 혹은 적다 고 생각되어서 그런 것이 아니었습니다. 선생님이 말하는 달걀이 나 고기란 나에게는 그림의 떡이었기 때문입니다. 달걀은 우리집 으로서는 무척이나 귀한 것으로 쉽게 먹을 수 있는 것이 아니었 습니다. 고기는 더더욱 말할 것도 없구요.

어떻든 이북 사람들은 달걀을 일주일에 한 번은 먹어볼 수 있 고, 고기 또한 그럴 수 있다는 것이 이 시간의 교육 내용이었습니 다. 하지만 이를 먹을 수 있다는 그들이 한편으론 부럽기도 했습 니다. 우리 모두가 아니라 적어도 나의 경우보단 형편이 좋아 보 였기 때문입니다.

우리들의 키다리 아저씨

해마다 새 학년이 되는 것은 무척이나 설레는 일입니다. 새 학년이 되면 교과서도 새로 받고, 새로운 친구들도 만날 수 있기 때문입니다. 우선 새 책은 이 책만이 갖고 있는 고유한 냄새를 풍겨줍니다. 책을 받아들고 집에 가져오면, 아버지는 낡은 달력으로 책을 고이고이 싸주셨습니다. 책을 싸지 않으면 금방 낡아서 너덜거리기에 오래 사용할 수 없습니다. 그렇게 싸맨 책을 보는 것은 언제나 즐거운 일입니다.

새 학년이 된다는 것은 이런 책의 향기 때문에 언제나 기대되었습니다. 그런데 그러한 기대는 여기서 끝나는 것이 아니었습니다. 우리 반에 누구누구가 올 것인가도 무척 관심 가는 사안 중에 하나였기 때문입니다. 친한 친구들이 우리 반에 많이 오게 되면 더없이 신나는 일이었고, 사이가 좋지 않은 아이가 오면, 실망스런 일이었습니다. 내가 다니던 원봉국민학교는 한 학년에 재학하고 있는 학생들이 그렇게 많지는 않았습니다. 한 학년에 3개 반에 불과했습니다. 그렇기에 몇 해만 지나면 돌고 돌아 같은 반으로 여러 번 만나는 친구들이 태반이었습니다.

그럼에도 새 학년이 되어 친구를 만나는 것은 즐거운 일이었습니다. 그리고 거기에는 또 다른 이유가 있었습니다. 언제나 주목받는 친구가 있었기 때문입니다. 그 친구는 내가 살고 있는 옆마을의 윤○○이라는 애였습니다. 새 학년이 되어 처음 친구들을 만날 때, 이 친구가 우리 반에 왔는가 아닌가는 나만의 관심사가 아니었습니다. 그것은 학급 전체의 관심사였습니다.

이 친구가 여학생이라서 그런 것이 아닙니다. 하기사 예쁜 여학생이라면 어느 정도 납득이 가는 일이기도 합니다. 국민학교 저학년이긴 해도 예쁜 여학생과 한 학급이 된다는 것은 언제나 가슴을 설레는 일이긴 했지만 말입니다.

○○이는 모두가 기대하는 그런 여학생이 아니었습니다. 예쁜 여학생도 아닌데, 왜 그가 한 반으로 되는 것이 기다려지는 것일까요. 거기에는 이유가 있었습니다. 바로 연필 한 자루와 공책 한 권을 얻을 수 있기 때문이었습니다.

실상 이 시절에 농촌에서 학교에 다닌다는 것은 쉽기도 했지만 반드시 그런 것도 아니었습니다. 무학자도 있었거니와 상급학교로 진학하는 일들은 더더욱 어려운 일이었습니다. 그나마 국민학교에 다닐 수 있었던 것은 이 과정이 의무교육이었고, 무료였기 때문에 가능했습니다. 육성회비가 있어서 좀 부담스럽긴 했어도 어떻든 그렇게 어려운 일은 아니었습니다.

하루하루 살기가 힘드니 새 학년이 되어도 연필 한 자루와 노트 한 권 사기가 쉽지 않았던 시절이었습니다. 연필은 손에 잡히지 않을 때까지 쓰다가 그마저도 어려우면 다 쓴 흰 볼펜 자루에 끼워서 사용했습니다. 우리가 잘 알고 있는 몽당연필이 바로 그것입니다. 필통에는 새 연필보다는 언제나 가지런히 놓여진 몽당연필이 대부분이었습니다.

그런데 윤○○이라는 친구와 한 반이 되면, 연필 한 자루와 공책 한 권을 공짜로 받을 수 있었습니다. 학년이 바뀌면, 그의 아버지가 자신의 자식과 같은 반이 된 친구들에게 선물로 주었기 때문입니다. 한 해만 그런 것이 아니라 늘 그래왔습니다. 이런 기대감이 있기에 새 학년이 되면 윤○○이라는 친구가 우리 반에 있는지 여부가 초미의 관심사가 될 수밖에 없었던 것입니다.

올해에도 이 친구가 나와 같은 반이 되었습니다. 오늘은 새 연필과 공책을 선물로 받는 날입니다. 윤○○의 아버지는 늘상 오토바이를 타고 다니셨는데, 이날도 오토바이를 타고 오셨습니다. 오토바이의 기계 소리가 들리더니 이윽고 조용해졌습니다. 윤○○의 아버지가 오신 거지요.

잠시 뒤, 친구의 아버지가 연필과 공책을 들고 들어오셨습니다. 담임 선생님은 연신 고맙다고 인사하며 이 선물을 받아들었습니다.

"공부들 열심히 해."

윤○○의 아버지는 이 한마디를 남기고 떠나셨습니다.

이제 선물을 받을 차례가 되었습니다. 즐거운 일이 별로 없던 시절에 이보다 신나는 일도 없었을 것입니다.

받아든 연필에서 나오는 향나무 냄새와, 공책 냄새가 나의 코를 자극했습니다. 그것이 나로 하여금 새 학년이 되었음을 알게 해주었습니다.

한편으로는 친구가 고마웠고, 그의 아버지가 고마웠습니다. 그래서 그러한 선물을 선뜻 할 수 있는 그들의 넉넉함이 무척이나 부럽기도 했습니다. 사정은 어떠해도 좋았습니다. 중요한 것은 지금 이 순간입니다. 그저 새 연필 한 자루와 공책 한 권이 내 앞에 있다는 사실만이 즐거웠을 따름입니다.

풍금을 잘 치던 선생님

　　　　　　　　우리 학교에 선생님이 새로 부임하셨습
니다. 오늘 오시는 분은 지금 계시는 선생님들보다 몇 가지가 다
르다고 합니다.

　나중에 들은 이야기이지만, 이 시기에 선생님이 될 수 있는 길
은 여러 방식이 있었다고 합니다. 사범학교를 나와도 되고, 교대
를 졸업해도 가능했다고 합니다. 그런데 대부분의 선생님은 사범
학교를 나오셨던 거 같습니다. 왜 그런 생각을 하게 되었는지는
모르지만 바로 풍금 때문이었던 것 같습니다.

　이 당시에 풍금을 칠 수 있는 선생님은 흔하지 않았습니다. 우
리는 음악을 풍금이 아니라 주로 선생님의 육성을 통해서 배웠을
뿐입니다. 풍금은 있었지만 이용하지 못했습니다. 그래서 풍금은
교실 한구석에 먼지를 가득 머금고 있었을 뿐이었습니다. 그런데
새로 오시는 선생님은 풍금을 무척이나 잘 치신다고 했습니다.

이제 우리도 풍금을 통해서 노래를 배울 수 있게 된 것이지요.

어떻든 새로 부임하신 선생님이 풍금을 칠 수 있다는 것은 아마도 그분이 교대를 나와서 그런 것이라고 생각했습니다. 대학교에서는 풍금을 가르친다고 들었기 때문입니다. 이분에 대한 기대가 매우 컸었는데, 운 좋게도 우리 반 담임으로 배정되었습니다.

이분이 처음 반에 오신 날 우리의 눈을 의심했습니다.

"아니, 세상에 이렇게 예쁠 수가……."

"저분이 입고 있는 옷 좀 봐."

"선생님이 신고 있는 신발은 어떻고?"

이때까지만 해도 우리 학교에 있는 선생님은 대부분 나이가 드신 분들이었습니다. 뿐만 아니라 대부분은 동네에서 함께 살고 있는 분들이기도 했지요.

그런데 새로 오신 선생님은 기존에 알고 있었던 선생님들과 전연 달랐습니다. 우선 너무 젊었습니다. 교대를 막 졸업하고 왔으니 20대 초반이었던 것이었습니다. 시골 학교에 이렇게 젊은 분이 오신 것이 우선 믿기지 않았습니다. 그뿐만이 아니었습니다. 이분이 입고 있는 옷은 신식이었습니다. 바로 미니스커트였던 거지요. 지금까지 이런 옷을 입은 사람을 본 적이 없는 우리들로서는 이 모습이 너무나도 신기할 따름이었습니다.

"어떻게 저렇게 짧은 옷이 있을 수 있담!"

"다리가 정말 예쁘던데!"

우리들은 저마다의 감탄사를 연발했습니다. 선생님을 보면, 그저 "우와!"만 연발할 뿐 모두 할 말을 잃었습니다.

게다가 이분이 신고 있는 신발 역시 정말 처음 보는 것이었습니다. 우리들이 신고 있는 신발은 여름이나 겨울이나 똑같았습니다. 흔히 말하는 검정 고무신이었습니다. 운동화를 신는 것은 상상할 수 없거니와 그것도 중학교에 들어가야만 겨우 신을 수 있었습니다. '파란색 스파이크' 신발 말입니다.

이 당시 신발 형편은 그리 좋지 못했습니다. 더우나 추우나 검정 고무신이 신발의 전부였습니다. 그나마 형편이 좀 나은 애들은 하얀 고무신을 신을 수 있었습니다.

그런데 선생님은 하이힐을 신고 있었던 것이었습니다. 우리는 그것을 '삐딱구'라고 불렀습니다. 그것이 무슨 뜻인지 알 수 없지만, 그냥 이렇게 불렀습니다. '삐딱구'와 '스커트'가 곧 이 선생님의 상징처럼 굳어졌습니다.

이런 것만으로도 신기한 선생님이었는데, 그녀는 아무도 건드리지 못한 풍금조차 잘 치셨습니다. 풍금의 아름다운 선율에 따라서 〈고향땅〉이라든가 〈퐁당퐁당〉 등을 배우는 재미가 그만이었습니다. 따라서 이분이 우리 담임 선생님이었다는 사실이 너무나 즐거운 일이었고, 자부심이 느껴질 정도였습니다.

그런데 이런 자부심은 이게 다가 아니었습니다. 한번은 옆 반 여선생님이 우리 반에 왔습니다. 그리고 담임 선생님이 옆 반으로 바로 갔습니다. 이 광경을 보고 우리는 좀 어리둥절했습니다. 수업시간을 바꾸자는 것이었습니다.

"아니, 왜 수업시간을 바꾸는 거지?"

이렇게 웅성거리고 있을 때, 이내 그 이유가 밝혀졌습니다.

"이번 시간이 우리 반 음악시간입니다. 그런데 제가 풍금을 못

쳐서 수업을 바꾸게 되었습니다"

"아하!"

우리는 금방 이해가 되었습니다.

"우리 선생님은 역시 만능 선생님이야!"

하면서 서로의 얼굴을 보면서 웃었습니다.

원산폭격

국민학교 4학년 때의 담임 선생님은 신식 선생님이었습니다. 교대를 갓 나온 엘리트였을 뿐만 아니라 풍금도 잘 치고, 미니스커트와 하이힐을 신고 있었기 때문입니다. 구석진 시골 학교에 이 정도의 선생님을 만날 수 있었던 것은 행운이었습니다. 하지만 모든 것이 좋을 수는 없었습니다. 좋은 것이 있으면 반드시 나쁜 것도 있기 마련이지요. 그 가운데 하나가 체벌 방식이었습니다.

선생님들이 우리들에게 하는 체벌로는, 줄넘기로 발등 때리기 혹은 손으로 따귀 때리기, 자로 손등 때리기 등등이 있었습니다. 경우에 따라서는 종아리를 걷고 회초리로 때리기도 했습니다.

이 시기 체벌은 당연한 것으로 받아들여졌기에 맞는 학생이나 때리는 선생님이나 크게 문제된다고 생각하는 사람은 없었습니다. 선생님이라면 응당 그리해야 하는 것이고, 학생들은 무조건 그에 따라야 했기 때문입니다.

그런데, 새로 부임한 선생님의 체벌은 좀 색다른 경우였습니다. 그 가운데 하나가 '원산폭격'이라는 것이었습니다. 원산이 무엇이고 폭격이 무엇인지 알 수 없었지만, 그것은 어떻든 체벌의 일종이었는데, 당하는 측은 아프고 무척 공포스러웠습니다. 이 체벌은 손을 뒤로 하고 머리를 바닥에 박는 것이었습니다.

도대체 이 무시무시한 체벌은 어디서 나온 것일까요. 선생님은 자기 오빠가 군 장교이고 군에서 이런 체벌이 널리 시행된다고 했습니다. 선생님은 그것을 배우고 나서 우리에게 시범 보이듯 하는 것이었습니다. 그러니 불평불만이 당연히 나올 수밖에 없었습니다.

"군에서 하는 것을 우리에게 한다고?"

우리는 너무 의아했습니다.

"우린 어린이인데……."

선생님은 원산폭격의 장점에 대해서 그럴싸하게 설명했습니다.

첫째는 직접 때리지 않는 것이니 여러분의 인격을 손상시키지 않는다는 것이었습니다. 둘째는 어떤 상처도 남지 않아서 좋다는 것이구요. 하지만 선생님의 설명에도 불구하고 그것이 체벌인 이상 우리들이 좋아할 리가 없었습니다.

선생님은 원산폭격의 원리에 대해 설명한 다음, 남학생 한 명을 앞으로 나오라고 하더니 직접 시범을 보이라고 했습니다. 그 애는 교탁으로 나가더니 선생님이 시키는 대로 머리를 박고 손을 등 뒤로 올렸습니다. 어느 정도 시간이 흘러간 다음 선생님은,

"일어나, 어때?"

하고 물었습니다.

"할 만한데요!"

하지만 내가 보기에 그런 것처럼 보이지가 않았습니다. 그의 얼굴은 벌써 땀으로 가득했기 때문이지요.

그렇게 며칠이 흘렀습니다. 우리의 일상은 늘 그러하듯 특별히 변하는 것은 없었습니다. 학교에 오면 수업 시작 전에 운동장에 나가서 축구 하고, 종이 치면 다시 교실로 들어와 공부하는, 그런 일상의 연속이었습니다.

하루는 선생님이 이런 지시를 내렸습니다.

"이제 등교하면 축구 하지 말고, 교실에서 조용히 자습해라."

우리는 뭐 특별히 공부할 것도 많지 않고 해서 선생님의 말을 가벼이 넘기고는 예전처럼 운동장에서 뛰어놀았습니다. 늘 하던 축구를 한 것이지요. 이윽고 수업 종이 울렸고 우리는 교실로 들어왔습니다. 그런데 선생님은 벌써 와 있었습니다.

"축구 하지 말고 자습하라고 했는데, 왜 그런 거야?"

"……."

선생님의 지시를 어긴 대가로 우리에게는 이내 벌칙이 내려졌습니다. 축구 한 남학생들은 교실 앞으로 모두 나와서 원산폭격을 하라고 했습니다. 시간은 교무회의가 끝나고 돌아올 때까지였습니다.

그러고는 반장에게 다음과 같이 말했습니다.

"손을 내리면 그 내린 숫자만큼 적어놔."

선생님이 나간 뒤에 원산폭격이 시작되었습니다.

하지만 5분을 넘기기가 힘들었습니다.

'할 만하다'고 했던 친구도 땀을 뻘뻘 흘리며 헉헉대기 시작했습니다.

선생님은 금방 오지 않았습니다. 축구 한 뒤끝에다가 원산폭격까지 하니 온몸이 땀으로 뒤범벅이 되었습니다. 머리가 아프고 힘들어서 손을 내려 계속 땅을 짚을 수밖에 없었고, 그럴 때마다 여학생 반장은 꼬박꼬박 그 횟수를 적었습니다.

"맞고 말지 정말 죽겠네!"

여기저기서 탄식이 쏟아졌습니다. 30분이 넘은 뒤, 선생님이 돌아왔습니다.

"손을 몇 번이나 내렸지?"

"적은 거 여기 있습니다."

'저 가시나 미워죽겠네.'

'좀 봐 주면서 기록하지.'

여기저기서 소곤거렸습니다.

선생님은 손을 세 번 내린 경우마다 벌칙으로 엉덩이를 한 대씩 때렸습니다.

어떻든 원산폭격은 끝났지만, 이후 이런 일들은 몇 번 더 있었습니다. 그러니 원산폭격에 대한 인식이 좋을 리가 없었고 경우에 따라서는 공포감 같은 것이 느껴지기도 했습니다.

"아니, 군대가 이렇게 심한 체벌을 하는 곳이야?"

"왜 자기 오빠한테 배운 것을 우리에게 전수하는 거야?"

"우리가 실험 대상인가?"

하지만 이런 불만보다 더 나쁜 것은 이 체벌 후 어떤 흔적이 생겨났다는 사실입니다. 바로 머리 모양이 변한 흔적 말입니다. 그것은 정수리 부분의 머리 모양이 예전과 달리 좀 평평해졌다는 사실입니다. 그렇지 않아도 뒤통수가 납작해서 뭣했는데, 정수리 부분까지 납작해지다니.

우리는 머리를 빡빡 깎고 등교했습니다. 그렇게 깎은 이유는 두 가지였는데, 하나는 기계충이라는 병의 예방 차원에서 그러했고, 다른 하나는 관리 차원에서 그러했습니다. 관리란 다른 것이 아니라 이런 차원에서였습니다. 머리가 짧아야 자주 안 감아도 되고, 또 경제적으로도 이득이 되었기 때문입니다.

그런데, 머리가 위로 혹은 뒤로 판판해져서 이제 머리 깎는 일이 매우 신경 쓰이는 일이 되었습니다.

원산폭격이 뭐길래 우리가 이런 고통을 받아야 하는 것인지 알 수 없었습니다.

'저걸 군대 가면 또 해야 하나?'

'그러면, 가기 싫다.'

여기저기서 투덜댔습니다. 남자들이었던 우리에게는 그 체벌이 또다른 걱정거리로 자리하는 순간이었습니다.

엉뚱한 질문

새로 부임하신, 교대 나온 선생님은 애증의 대상이었습니다. 풍금을 잘 치고, 참신한 지식을 전수해주는 것은 분명 우리에게 좋은 일이었습니다. 뿐만 아니라 이전까지 결코 보지 못했던 선생님, 처녀 선생님이란 사실 또한 우리의 가슴을 늘 설레게 했습니다.

그러나 원산폭격과 같은 것을 우리에게 전수시키는 것은 결코 좋지 않은 일이었습니다. 특히 이 체벌을 당한 후 머리 위가 판판해지는 후유증을 겪은 뒤로는 선생님에 대해서 더욱 그런 생각을 굳히고 있었습니다.

어느 날이었습니다. 원산폭격을 당한 이후, 교실 안 분위기가 좀 어수선했습니다. 특히 옆 동네에 사는 애들이 몇 명 모여서 쑤군대고 있었습니다. 머리가 아프고 좀 그러니까 투덜투덜대는 것이라 생각했습니다.

그런데 뭔가 그들만의 입장이 정리된 듯, 한 친구가 나한테로 왔습니다. 그러더니,

　"우리가 좀 궁금한 게 있어서 그런데, 니가 한번 선생님에게 물어봐줬으면 좋겠어."

　"뭔데?"

　"이따 선생님 오면, 애기 어디로 낳는지 한번 물어봐 줄래?"

　"엥? 아니 그거 니들이 직접 물어보면 되지 왜 나한테 시키냐?"

　"아, 그건 말야, 우리가 물어보면 잘 안 가르쳐줄 거 같아서 그래. 너는 성실하고 우등생이니 잘 말해줄겨!"

　"그래도 그렇지, 궁금하면 니들이 물어보지 왜 나보고 물어보래?"

　"야, 너도 궁금하잖아!"

　"궁금하긴 한데, 그래도 지금 당장 그런 질문이 필요한 것도 아니고. 암튼 하기 싫어."

　"그래? 너 안 물어보면, 앞으로 너하고 같이 공 안 찰 거야."

　"어, 안 돼, 물어볼게."

　교실 문이 열렸습니다. 선생님이 아침 교무회의를 마치고 수업차 온 것입니다. 첫 수업이 시작되었고, 오늘 배울 과목은 자연이었습니다.

　"나무도 사람처럼 나이를 먹어요. 나무를 자르면, 여러 줄들이 보이지요? 그것이 나이테라는 건데, 그 테두리 숫자만큼 나무가 나이를 먹은 겁니다. 알았죠?"

"네."

우리는 힘차게 대답했습니다.

"자, 이번 시간은 마치려고 합니다. 혹시 배운 것 중에서 궁금한 게 있으면 질문하세요."

"선생님! 질문 있어요."

"오, 그래. 뭐야?"

"선생님, 근데, 애기는 어디로 나와요?"

"뭐? 아니, 이 녀석이……."

선생님의 얼굴이 갑자기 빨개졌습니다.

맨 앞자리에 앉아 있던 나는 꿀밤을 얻어맞았습니다.

"아얏!"

"별걸 다 묻네!"

선생님은 교실 밖으로 얼른 나갔습니다.

"야, 니들이 물어보라고 해서 물었더니 맞기만 했잖아!"

그들은 내 말을 들은 둥 마는 둥 하더니, 자기들끼리 킬킬거리며 웃고 있었습니다.

얼마 후 통지표가 나왔습니다. 시험을 보고 난 후이기에 통지표가 나오는 것은 당연한 일이었습니다. 나는 성적만 살짝 보고는 얼른 책보에 넣었습니다. 그럭저럭 잘 나왔기에 성적이 떨어졌다고 따로 혼나지 않아도 되었습니다.

"엄마, 통지표 나왔어."

"그래, 어디 보자. ……열심히 했구나!"

"네, 그러니 오늘은 좀 실컷 놀다 올게요."

하고 막 나서는 순간, 어머니는

"잠깐, 이게 뭐냐?"

"왜요?"

"학교에서 무슨 일 있었냐?"

"아닌데요."

"그럼 이게 무슨 말이야?"

어머니는 통지표를 저에게 다시 주었습니다. '학교에서 가정으로'란에 다음과 같이 쓰여 있었습니다.

"학교 수업 중 가끔 엉뚱한 질문을 하니 잘 지도해주시기 바랍니다."

이상한 풍선

1972년도 어느 덧 저물어가고 있었습니다. 이제 4학년 생활도 마칠 때가 되었습니다. 교대 나온 선생님과도 헤어질 시간이 된 것입니다. 풍금으로 맘껏 교육도 받고, 또 선생님의 세련된 옷차림도 구경했기에 아쉬울 것이 없었습니다. 그 모두가 새로운 체험으로 오래오래 기억될 수 있을 것입니다.

한 해를 정리하는 시간이 왔기에 교실 안이 부산했습니다. 새로운 학년으로 진급하기 위해서는 교실도 깨끗이 해야 했고, 학급 게시판도 정리해야 했습니다. 그래야 후배들이 깨끗한 환경에서 공부할 수 있으니까요. 그래서 다른 때보다 학교에 빨리 와야 했습니다.

그날도 어김없이 일찍 등교했습니다. 그런데 교실 안이 소란스러웠습니다. 왜 이렇게 시끄러운가 봤더니, 한 친구가 커다란 풍선을 갖고 와서 놀고 있었기 때문입니다. 그런데 이 풍선은 뭔가 좀 달랐습니다. 크기도 컸거니와 색깔도 살색이었습니다. 풍선하면, 흔히 연상되는 빨강이나 파랑, 혹은 흰색 등과 같은 그런 종류의 것이 아니었습니다. 게다가 모양도 좀 길쭉한 것이 여느 풍선과는 달랐습니다.

아무튼 좀 특이했지만 놀기엔 괜찮은 풍선처럼 보였습니다. 이 풍선을 중심으로 여러 명이 둘러서서 배구 놀이를 하고 있던 것입니다. 재미있어 보였기에 나도 책보를 던져놓고 함께 어울렸습니다.

"나한테도 줘봐."

한 번 튕겨보니 잘 나갔습니다. 모두들 재미있다고 깔깔대고 웃었고, 성격이 왈가닥인 여학생들도 함께 합류했습니다.

"크고 잘 튕기니까 좋다."

"맞아."

이렇게 시끄럽게 놀고 있는데, 선생님이 오셨습니다.

"자습들 하고 있지 왜 이렇게 시끄럽게 놀고 있는 거야?"

"좋은 풍선이 있어서 그랬어요."

"풍선? 그건 밖에서 갖고 놀아야지 실내에서 놀면 되나?"

선생님은 풍선의 행방을 물었습니다. 한 친구가 가지고 있다가 선생님에게 드렸습니다. 그런데 이를 받아든 선생님의 얼굴 표정이 좀 이상해지더니 이내 빨개지는 것이었습니다. 그러더니,

"이거 뭐 하는 건지 아는 사람?"

하고 물었습니다.

"풍선이지 그게 다른 용도가 있나?"

옆 친구가 말했습니다.

"그러게."

나도 맞장구 쳤습니다.

그때 교실 끝에 있던 한 친구가 손을 들었습니다.

"선생님, 그거 뭐 하는 건지 알아요."

"뭔데?"

"그거 ×에다 끼우는 거예요."

"하, 하, 하"

우리는 크게 웃었습니다. 그것이 ×에다 끼우는 것이라는 것이 너무 웃겼기 때문입니다.

하지만 선생님의 얼굴은 홍당무, 아니 토마토처럼 빨개졌습니다. 그러고는 교실 밖으로 얼른 나갔습니다.

"선생님 얼굴이 왜 저렇게 빨개지는 거야?"

대부분의 친구들은 알 수 없다는 표정을 짓고 있었습니다. 하지만, 그것을 갖고 왔던 친구나, 그와 가까운 애들은 무엇을 알고 있다는 듯이 연신 낄낄거리고 웃어댔습니다.

"무슨 다른 용도가 있나?"

"뭣에 쓰는 물건이야?"

승부 없는 가을 운동회

매년 9월 전후, 그러니까 추석 명절 전후에 가을 운동회가 열렸습니다. 모두가 함께 모여서 할 수 있는 축제가 없었기에 학교 운동회는 마을의 축제 역할까지 겸했습니다.

운동회 며칠 전부터 우리는 연습을 했습니다. 하얀 운동복을 입고, 기계체조나 기마전도 하고, 오재미를 던져서 바구니를 터뜨리는 연습도 했습니다.

며칠간의 준비 끝에 운동회가 시작되었습니다. 우리는 청군과 백군으로 갈라졌습니다. 그런 다음 선수를 선발하기도 하고 반 구성원 모두가 선수가 되기도 했습니다. 선수들이 경기를 할 때, 우리들은 응원석에서 열띤 응원을 했습니다.

운동장 한구석에는 커다란 점수판이 설치되었습니다. 청군과 백군이라는 커다란 글씨 밑에 점수가 표기되었던 것인데, 청군이 이기면 그와 비례해서 점수가 올라가고, 마찬가지로 백군이 이기면 역시 점수가 올라가는 것이었습니다. 우리는 그 점수판을 보면서 누가 앞서가고 있는지 쉽게 알 수 있었습니다.

운동회가 진행되고 있는 동안, 어른들은 아이들의 경기를 지켜보면서 열띤 응원의 박수를 보내주었습니다. 어른과 아이, 자식과 부모가 함께 어우러져 게임을 하는 경우도 있었습니다. 마을에서 이 정도의 축제란 학교 운동회뿐이었습니다.

뿐만 아니라 운동장 뒤켠에서는 먹거리 장터도 열렸습니다. 커다란 가마솥이 설치되고, 그 밑에 장작불을 붙여서 온갖 국과 탕을 끓였습니다. 좋은 안주가 있으니 농촌의 대표 술이었던 막걸리가 빠질 수가 없었습니다. 어른들은 취했는지 여기저기서 흥얼흥얼 콧노래가 들려왔습니다.

물론 먹거리는 어른들만의 것으로 한정되지 않았습니다. 아이들이 좋아하는 솜사탕도 있었고, 떡볶이, 순대를 비롯한 온갖 종류의 음식이나 과자 등도 판매되었습니다. 평소에는 잘 먹을 수 없었던 과자이지만 이날만큼은 비교적 잘 먹을 수 있었습니다. 아끼지 않고 부모님이 사주셨던 덕택이지요.

어른들의 노래자랑이 추가되었습니다. 그런데 누가 우승할지는 대강 짐작이 갔습니다. 바로 건너집 아주머니 때문입니다. 그분은 정말 노래 잘하기로 소문이 나 있었습니다. 여러 사람의 노래가 끝나고 이제 그분 차례가 되었습니다. 아니다 다를까 그분의 노래 솜씨는 차원이 달랐습니다. 결국 올해 노래자랑 우승은 그분의 몫이었습니다.

이제 하루가 점점 저물어갑니다. 한 경기만 남았는데, 이어달리기입니다. 점수판을 보니, 올해는 백군이 약간 앞서 있었습니다. 하지만 마지막 게임의 결과에 따라 순서는 얼마든지 바뀔 수 있는 상황이었습니다.

팀별로 네 명이 선발되었는데, 선수 구성이 모두 학생으로만 된 것은 아니었습니다. 올해부터는 학부모도 함께 참여하기로 했기 때문입니다. 교장 선생님은 운동회를 마을 축제로 승화시키기 위해 이렇게 새로운 장을 마련한 것이지요.

달리기 경기가 시작되었습니다. 우리들은 달리기를 잘하는 사람들로만 선발했기에 정말 빨리 달렸습니다. 하지만 어른들의 경우는 달랐습니다. 달리면서 우리가 만들어놓은 순서가 어른들에 이르면 바뀌기 일쑤였습니다. 어쨌든 이 경기의 승자로 이번 운동회 최후의 승리 팀이 결정되는 것이기에 모두 힘차게 달렸고, 또 응원했습니다.

이윽고 마지막 종착역이 다가왔습니다. 중앙에 가로질러 놓인, 천으로 된 흰 선을 처음 통과하는 팀이 이기는 것이고, 우승 또한 그들의 몫이었습니다. 모두의 열광 속에 청군 선수가 먼저 들어왔습니다. 그래서 올해의 우승은 그들의 것이 되었습니다.

마치는 시간이 되었습니다, 체육 선생님이 연단에 올랐습니다.

"여러분들, 올해 운동회 재미있었지요?"

"네~!"

"자, 올해는 청군이 우승했습니다. 따라 하세요, 청군 우승!"

"청군 우승!"

거대한 함성이 울려 퍼졌습니다.

선생님은 백군에게도,

"자, 다 같이, 백군 만세!"

"백군 만세!"

우리는 모두 힘차게 따라 불렀습니다. 가을 운동회는 끝이 났습니다. 너무도 즐거운 하루였습니다.

벼 이삭 줍기

　　가을은 여러 가지로 분주한 계절입니다. 한 해의 농사를 수확하는 시절이기에 더욱 그러했습니다. 마을마다 벼 타작하기에 바빴고, 또 털어낸 벼를 말리기 위한 일에도 소홀하지 않았습니다. 지방도로는 물론이거니와 마을로 향하는 조그만 도로는 말리기 위해 펼쳐놓은 벼들로 늘 가득 채워졌습니다.

　　추수 일과 더불어 우리의 일상도 분주했습니다. 그 중 우리를 가장 바쁘게 한 것이 있었는데, 바로 벼 이삭 줍기입니다. 학생들에게는 올해도 어김없이 불우이웃 돕기용 벼 이삭을 주워 오라는 명령이 떨어진 것입니다.

　　벼가 익으면, 농부들은 그것을 낫으로 베어서 한 단씩 묶었습니다. 그런 다음 그것을 엑스자로 눈두렁에 세워두었습니다. 벼 이삭은 이런 과정을 거치면서 자연스럽게 생겨나게 됩니다. 낫으로 벼를 자를 때 농부의 손이 닿지 않았거나 이를 묶는 과정에서 제대로 동여매지 않으면, 벼 이삭이 생기는 것입니다.

그렇게 떨어진 벼를 줍지 않으면, 그것은 철새들의 먹이가 되거나 아니면 들쥐들의 먹이가 되었습니다. 국가에서는, 아니 학교에서는 그렇게 사라지는 벼 이삭을 한 톨이라도 더 거두어야 한다는 것입니다. 우리나라가 전체적으로 쌀이 모자라기 때문이라고 합니다.

'불우이웃은 우리 농촌에도 많이 있는데, 도대체 어떤 이웃을 돕는다는 것일까.' 이런 생각은 벼 이삭을 주울 때마다 들었던 의문입니다. 그런데 이는 나 혼자만의 생각은 아니었습니다. '그냥 주워서 각각의 집에서 먹으라고 하면 될 것을 왜 꼭 학교에 가져오라는 것일까.' 하는 불평불만이 모두들에게 있었기 때문입니다.

오늘부터 벼 이삭 줍기가 시작되었습니다. 학교에서 돌아와 우리는 책보를 집에다 던져놓고 넓은 들판으로 나갔습니다. 추수가 끝난 뒤라 그런지 광활한 평야가 더 넓고 크게 보였습니다. 우리는 마음을 다지면서 논바닥으로 들어갔습니다.

대부분의 논들은 말라 있었습니다. 가을에는 비가 오지 않는 탓에, 그리고 따가운 가을 햇살 탓에 대부분의 논은 건조한 상태였습니다. 이런 논이기에 밟고 다니면서 이삭을 줍기에는 적당했습니다. 하지만 축축한 논들도 제법 있었습니다. 물을 제때에 빼내지 않은 것인지는 몰라도 이런 논에 들어가는 것은 여간 괴로운 것이 아니었습니다. 흙이 신발에 덕지덕지 묻어서 결국에는 맨발로 다녀야 하기 때문입니다.

오늘은 주먹 한 손에 쥘 만큼의 이삭을 주웠습니다. 많이 주운 편입니다. 그럼에도 학교에서 설정한 목표량을 채우기에는 한참 모자랐습니다. 적어도 3~4일은 더 이삭줍기를 해야 할 것입니다.

다음 날, 하교 후 부지런히 집에 왔습니다. 이번 주는 주말이 끼어 있기에 열심히 하면 목표량을 채울 것 같았습니다. 그 이튿날, 아침을 일찍 먹고 친구들과 다시 들판에 나갔습니다. 우리가 이미 주운 논은 피해 가야 합니다. 그래야만 더 많이 주울 수가 있기 때문입니다.

아침 일찍 나와 반나절을 주우러 돌아다니다 보니까 몸이 무척 피곤했습니다. 게다가 점심 때가 다가오니 배도 고팠습니다. 하지만 지금 돌아갈 수는 없습니다. 아직 목표량을 채우지 못했기 때문입니다.

여기저기 돌아다녀도 오늘은 이삭이 별로 눈에 띄지 않았습니다. 마음이 좀 초조해지기 시작했습니다. 그때 논두렁에 세워져 있던 볏짚이 순간 눈에 들어왔습니다. 탐스럽게 익은 벼들이 넘실대고 있었습니다.

'아, 저거 조금씩만 빼내면 금방 목표량을 채울 거 같은데…….'

생각이 여기에 미치자 눈을 좌우로 돌렸습니다. 아무도 없었습니다.

세워진 볏집에 조심스럽게 다가가서 벼를 조금씩 빼내기 시작했습니다. 한 곳만 집중적으로 공략하면, 금방 표시가 날 것 같아서 여기저기 돌아다니면서 조금씩 빼냈습니다. 이렇게 하다 보니 얼마 안 되어서 제법 많은 양의 이삭을 모을 수가 있었습니다.

집에 돌아와 지금껏 모은 벼들을 모아놓고 벼 아랫부분, 곧 짚을 잘라냈습니다. 그러고는 그것을 상자에 담았습니다. 이제 학교에 가져가면 됩니다.

다음 날 학교에 오니 많은 애들이 그동안 주운 이삭들을 가져왔습니다. 여러 사람들에게서 모은 것이다 보니 제법 많았습니다.

선생님은 우리들이 모은 벼를 일일이 보면서 "수고했다"는 말을 건넸습니다.

그러고는 다시 내가 주운 벼를 자세히 바라봤습니다. 조금 이상했던지,

"너 혹시 이거 논에서 주운 거 아니지?"

하며 나를 보았습니다.

"네?, 논에서 주운 거 맞는데요."

나는 대충 얼버무렸습니다.

"논에서 주운 거는 흙이 묻어 있는데, 네가 주운 거는 너무 깨끗해. 혹시 볏단에서 슬쩍 빼낸 거 아냐?"

"아니에요, 선생님! 주운 것 맞아요."

나는 가슴이 뜨끔했습니다. 하지만 선생님은 더 이상 묻지 않았습니다.

올해의 이삭줍기는 이것으로 무사히 끝이 났습니다.

10월 유신

1972년은 여러 가지로 사건이 많았던 해입니다. 7·4남북공동성명이 있었고, 남북적십자회담도 서울과 평양을 오가며 열리고 있었습니다. 7·4남북공동성명을 위해서 이후락 중앙정보부장이 북한에 갔다 왔다고도 합니다.

라디오가 이런저런 소식을 모두 들려주어서 이를 알 수 있었습니다. 특히 어른들의 이야기를 통해서 더욱 자세히 알 수가 있었습니다. 대부분의 어른들은 뭔가 큰 변화가 있을 거라고 믿고 있었습니다. 그 가운데 하나가 통일에 관한 것이었습니다. 분단이 곧 끝나고 통일이 오지 않을까 생각하고 있었던 것입니다. 통일이 뭐 하는 것인지 감이 잘 오지는 않았습니다. 다만 남한과 북한이 하나가 되는 것쯤으로만 알고 있었을 뿐이었습니다.

이렇게 뒤숭숭한 가운데 또 하나 중요한 일이 있었습니다. 바로 10월 유신의 단행이었습니다. 라디오를 틀면 뉴스의 대부분은 항상 이 소식으로 가득 채워져 있었습니다. 뿐만 아니라 집에는 이를 찬양하는 신동우 화백의 그림들이 늘 배달되었습니다. 모두 유신에 대한 당위성과 그것들이 펼쳐내는 미래상에 대한 것이었습니다. 그 그림을 보고 있노라면 우리에게도 무언가 희망이 솟구치는 것처럼 느껴지기도 했습니다.

얼마 후 유신헌법에 대한 찬반투표가 있었습니다. 투표가 있었던 날, 아버지는 집에 안 계셨습니다. 이웃 마을에 일이 있기도 했지만, 평소 정부에 대해 호의적이지 않은 아버지였기에, 투표를 하실 생각이 없으셨던 거지요.

투표는 시끌벅적하게 진행되었습니다. 내가 다니던 국민학교에 투표장이 마련되었고, 많은 사람들이 투표를 하러 갔습니다. 나도 호기심에 구경을 갔습니다. 한쪽에는 투표를 하기 위한 줄이 있는가 하면, 운동장 한 귀퉁이에서는 커다란 막걸리판이 벌어지고 있었습니다. 투표를 한 사람이나 아직 하지 않은 사람이나 모두 한 잔씩 먹는 것이었습니다. 모두가 얼큰하게 취해 있었습니다.

선거는 이런 어수선한 분위기에도 종착역을 향해 갔습니다. 그날 오후 늦게 학교 선생님과 이장이 집으로 찾아왔습니다. 이들은 잠시 머뭇거리더니,

"아버지 투표 안 했지?"

하는 것이었습니다.

"네."

라는 말이 끝나기도 전에

"아버지 투표 용지 좀 가져올래?"

"네?"

그들은 괜찮으니 가져오라고 했습니다. 나는 아무 말 없이 가져다 주었습니다. 이들은 투표 용지를 확인한 다음 다른 집으로 발걸음을 옮겼습니다. 저녁 늦게 아버지가 돌아오셨습니다. 오후에 있었던 일을 말씀드렸더니 아버지는 아무 말씀도 안 하셨습니다. 유신헌법은 결국 많은 찬성으로 통과되었습니다.

10월 유신 전후로 새로운 시간 하나가 생겨났습니다. 10월 유신의 정당성을 알리고 이를 찬양하는 노랫말과, 이를 배우는 시간이 생겨난 것입니다. 어느 무더운 여름날이었습니다. 오늘은 음악 수업이 있는 날이었는데, 날씨가 더워 야외에서 진행되었습니다. 운동장 플라타너스 그늘 밑에 풍금이 놓였고, 음악 선생님이 오셨습니다. 우리는 신이 났습니다. 야외 수업은 늘 즐거운 일이었기 때문입니다. 하지만 더 좋은 이유는 따로 있었습니다. 밖에서 수업하다 보면 교실에서 하는 것보다 훨씬 수월하게 수업을 끝낼 수 있었기 때문입니다.

선생님은 풍금 앞에 앉아서 음악 교과서에 실린 동요를 치기 시작했고, 우리들은 따라 불렀습니다. 한 곡의 연습이 끝난 다음에 선생님은 '10월 유신'의 당위성을 설명하면서 이에 대한 찬양의 노래를 가르쳐주신다고 했습니다. 가사는 무척 낯설었지만, 곡은 우리가 잘 알고 있는 것이었습니다. 바로 〈산토끼〉 노래였습니다. 곡은 익히 알고 있는 것이었기에 노래를 배우는 데 있어서 낯선 감은 없었습니다.

선생님이 먼저 선창을 했습니다.

"10월 17일 유신은 김유신과 같아서~"

이렇게 선생님이 하면,

"10월 17일 유신은 김유신과 같아서~"

하고 따라 불렀습니다.

노래를 부르다가 친구 하나가 선생님에게 질문을 했습니다.

"선생님! 10월 유신이 뭐예요?"

"10월 유신? 아! 그거 하면 우리나라가 잘 살게 된대."

라는 대답이 돌아왔습니다.

"우리나라가 잘 살게 된다고요?"

"야! 너무 좋다!"

"우리가 잘 살게 된다니, 정말 그렇게 될까?"

선진국처럼 잘 살게 된다니, 그러면 정말 신나는 일이 아닐 수 없었습니다.

그래서 선생님의 선창에 우리는 더욱 소리 높여 따라 불렀습니다.

"10월 17일 유신은 김유신과 같아서~"

교장 선생님의 장례식

국민학교 1학년 때인 1969년에 교장 선생님이 돌아가셨습니다. 그가 어떤 이유로 사망했는지 기억나지 않습니다. 평소에 건강한 듯 보이셨는데 갑자기 가신 것입니다. 가까이 있던 사람이 돌아가셨다는 사실이 우리를 무척 우울하게 만들었습니다.

교장 선생님은 안 계시지만 우리는 늘 하던 대로 운동장에서 뛰어 놀았습니다. 그러다 수업종이 울리면 다시 교실로 들어와 공부하곤 했습니다. 교장 선생님이 돌아가셨다고 해서 애도 기간이 따로 있었던 것은 아니었습니다. 따라서 수업은 정상적으로 이루어졌던 것이지요.

교장 선생님 댁은 학교 뒷문 쪽이었는데, 그것이 사택인지 자택인지는 알 수 없었습니다. 선생님들은 하나둘씩 쪽문 밖으로 나가서 교장 선생님 댁에 갔다 왔습니다. 아마도 조문을 다녀오는 듯 보였습니다. 조문 후 선생님들의 표정은 그리 밝아 보이지 않았습니다.

교장 선생님에 대한 기억은 희미하게 남아 있을 뿐입니다. 월요일 아침 연단에 올라서 훈시를 하거나 경우에 따라서는 수업하는 우리들을 뒤에서 지켜보곤 했던 모습 등등이 그와 함께했던 경험의 전부였습니다. 개인적으로 교장 선생님을 만난 일도 없었고, 또 대화를 나눈 적도 없었습니다. 그러니 먼발치에서 본 기억 정도만 남아 있을 뿐이었습니다.

사흘간의 조문 기간이 끝나고 장례식 날이 되었습니다. 수업은 없었지만 모두 등교하라는 선생님의 말씀이 있었기에 학교에는 모두 와 있었습니다. 장례를 치르기 위해서이지요.

학교 안에는 커다란 꽃상여가 들어왔습니다. 무척 화려해 보였습니다. 우리는 그것을 멀리서 바라보기만 했습니다. 거기에 가까이 갈 수 있는 상황이 아니었기 때문이지요.

우리는 상여가 온 뒤로 학교 밖으로 나와 길 양쪽 옆으로 나란히 섰습니다. 교장 선생님을 보내드리기 위한 행사에 참여하기 위해서입니다. 우리는 담임 선생님의 지시에 따라 줄을 2열 종대로 정렬해서 서 있었습니다. 그런 다음 학교 교문에서부터 도로를 사이에 두고 죽 늘어섰습니다. 우리의 도열이 끝난 지점에는 다른 학년이 있었습니다. 이런 식으로 해서 6학년까지 모두 서 있었는데, 도로 양편에 제법 커다란 행렬이 만들어지게 되었습니다.

이때 흰 장갑이 배포되었습니다. 처음 보는 장갑이었습니다. 장갑은 털실로 짠 것이 대부분이고, 주로 추운 겨울에 끼는 것으로 알고 있었습니다. 그런데 이런 장갑이 있는지도 몰랐거니와 장갑 또한 무척 얇아서 보온을 해줄 수 있는 것인가 하는 의문이 들기도 했습니다. 그만큼 흰 장갑은 무척이나 낯설었습니다.

아무튼 우리는 장갑 낀 양손을 맞잡았습니다. 그렇게 되니 길게 늘어선 모습과 흰 장갑의 행렬은 정말 대단해 보였습니다. 특히 하얀 장갑이 주는 색채 이미지는 정말 그럴듯해 보였던 것입니다. 도열과 정돈이 끝난 이후, 이윽고 상여가 나왔습니다. 우리는 손을 맞잡고 서서 상여가 나가는 모습을 지켜봤습니다.

교장 선생님에 대한 인연이 별로 없었던 우리들은 상여를 그저 무덤덤하게 지켜봤습니다. 하지만 교장 선생님과 인연이 깊었던 고학년들의 반응은 사뭇 달랐습니다. 여기저기서 어깨가 들썩이더니 흐느끼는 소리가 났습니다. 어떤 학생은 큰 소리로 울기까지 했습니다.

이 모든 것을 뒤로 하고 교장 선생님의 상여는 서서히 우리가 만든 도열을 빠져나가고 있었습니다. 우리는 그 상여의 꼬리가 안 보일 때까지 계속 서 있었습니다. 상여의 마지막 부분이 이내 우리의 시야에서 사라졌습니다. 그가 어디로 가는 것인지 알 수 없었지만, 그리고 특별한 인연이 없었지만, 그를 이제 볼 수 없다고 생각하니 무척 서운한 생각이 들었습니다.

시골 학교 서울 학교

학교에 들어가기 전, 곧 어린 시절 체험했던 서울은 늘상 동경의 대상이었습니다. 요즘 말로 하면, 서울 시민이 되는 것이 항상적인 꿈이었지요.

꿈이 있으면 언젠가 기회가 올 거라는 말은 늘 들어왔지만, 나에게도 그런 기회가 거짓말처럼 찾아왔습니다. 시골에서 공부를 좀 한다고 했기에, 아버지는 기왕이면 내가 좀 더 넓은 세상에서 공부했으면 하는 바람을 갖고 있었습니다.

하지만, 나의 꿈과 아버지의 바람이 있다고 해서 그것이 곧바로 실현될 수 있는 것은 아니었습니다. 무엇보다 먼저 거주할 공간이 필요했습니다. 그러던 차에 먼저 서울에 정착한 큰누나가 막내 동생인 나를 데리고 있기로 한 것입니다.

이렇게 해서 나는 꿈에 그리던 서울로 전학을 가게 되었습니다. 그것이 1973년 말이었습니다. 아직 국민학교 5학년이 다 끝나지 않은 겨울방학이었습니다. 그래서 실질적으로 서울에서의 학교 생활은 그 다음 학년부터 시작되었습니다.

서울 생활은 시골 생활과 많은 점에서 달랐습니다. 가장 큰 차이점은 한 반에 학생들이 너무 많다는 것과, 시골에서는 볼 수 없었던 도시락 문화였습니다. 시골에서는 한 반이라고 해봐야 기껏 60명이 될까 말까 했는데, 서울은 거의 90명이 넘었습니다. 정말 교실은 콩나물 시루로 비유될 정도로 촘촘했습니다.

그리고 다른 하나는 도시락인데, 이 친구들이 가져온 도시락은 대개가 보온용이었습니다. 모두 처음 보는 것들이었습니다. 시골에서는 도시락이라고 해봤자 노란 알루미늄으로 된 것이 대부분이었습니다. 뿐만 아니라 서울 애들은 햄 등을 통째로 갖고 와서 그것을 포크로 퍼 먹는 것이었습니다.

'야! 이거 너무 다르네! 애들도 많고, 먹는 것도 다르고. 우리는 시골에서 뭘 먹고 살아왔던 것일까?'
하며 이런 풍경들을 매우 낯설게 바라보았습니다.

하지만 이런 풍경들도 며칠 지나다 보니 곧 익숙해졌습니다.

친구들도 하나둘씩 생기기 시작했고, 나의 피부도 하얗게 변하면서 이제 제법 서울 학생이 다 되어가고 있었던 것입니다.

봄방학이 얼마 안 남은 때였습니다. 하루는 선생님이 자습 시간에 제 곁을 지나면서,

"아니, 너의 부모님은 아이를 맡겨놓고 한 번도 안 보이시네?"

'네? 부모님요?'

이 말에 무척 놀라서 혼잣말로 속삭였습니다. 놀란 이유는 딴

게 아니었습니다.

하나는 부모님이 학교에 왜 와야 하나 하는 것이었습니다. '내가 무슨 잘못이라도 했나?' '왜 부모가 학교에 와야 하지?' 참으로 알 수 없는 일이었습니다.

그리고 다른 하나는 지금 이곳에 부모가 없는데, '부모님이 와야 한다니, 이를 어쩌나?' 왠지 불안한 생각이 밀려왔습니다. 하지만, 시간은 그럭저럭 지나가고 방학이 되었습니다. 이번 일은 그렇게 지나갔습니다.

새 학년이 시작되었습니다. 이제 나도 당당히 국민학교 마지막 학년이 되었습니다.

새 학년은 본격적인 서울 생활의 시작과 같은 것이었습니다. 누나는 나에게 예쁜 옷을 입혀 학교에 보내곤 했습니다. 그런 나의 모습은 이제 누구와 비교해도 꿀리지 않는 서울 학생처럼 보였습니다. 여느 서울 부잣집 아이의 모습과 비교해도 전혀 뒤떨어지지 않았던 것입니다.

그럼에도 부모님이 이곳에 안 계시다는 것은 언제나 부담으로 남아 있었습니다. 뭔가 갖춰지지 않았다는 것이 이렇게 나의 마음을 불편하게 만들 줄 몰랐습니다.

그렇기에 어떤 상황이든 간에 부모님이 학교에 오셔야 한다는 것은 부담스러운 일이 아닐 수 없었습니다. 그것은 정말 괴로운 일 가운데 하나였기에, 그런 상황이 만들어지지 않기를 바랄 뿐이었습니다. 이런 나의 마음을 아는지 모르는지 부모님이 학교에

111

와야 한다는 상황은 6학년이 되어서도 계속되었습니다. 나는 그럴 때마다 이런저런 핑계를 대고 대강 넘기곤 했습니다.

그런데 이번에는 그런 핑계가 더 이상 통하지 않는 현실이 오고야 말았습니다. 중학교 원서를 써야 할 때가 왔고, 선생님은 반드시 부모님이 학교에 와야 한다는 것이었습니다. 이유는 다른 게 아니라 보호자란에 부모님이 직접 도장을 찍어야 한다는 것이었습니다.

나는 또다시 불안해지기 시작했습니다.

'부모님이 지금 여기에 없는데, 어떡하지?'

'누나가 대신 와도 되나?'

내 생각으로는 학생이 보호자 도장을 가지고 와서 찍어도 되는 것 같은데, 왜 꼭 부모님이 오셔야 한다는 것인지 이해가 잘 되지 않았습니다.

내가 이런 저런 망설임을 하는 동안, 어느덧 마지막 두 명이 남았습니다. 나와, 다른 친구 한 명이었습니다.

'지금 여기에 부모님이 없다는 것이 무슨 큰 약점이 아닌데…….'

'누나랑 같이 있다는 것이 부끄러운 일도 아닌데…….'

그러는 사이 나는 더 이상 버티기 어려워 누나에게 사정을 얘기했습니다. 그랬더니,

"아니, 그런 걸 가지고 뭘 그리 고민했니?"

다음 날 누나는 학교에 왔습니다. 도장을 직접 찍었고, 동시에 조그만 봉투 하나를 선생님께 건넸다고 합니다. 이날 이후 나를

대하는 선생님의 표정은 무척 부드러워진 것 같았습니다.

이제 마지막 한 친구만 남았습니다. 그런데 그 친구는 가정에 무슨 사정이 있는지, 마지막 순간까지 부모님이 학교에 오지 않았습니다. 결국 선생님은 그 친구가 직접 부모님의 도장을 가져와서 찍도록 했습니다.

그런데 문제는 그 다음이었습니다. 선생님은 도장을 찍고 나서 그 친구를 마구잡이로 때렸습니다. 20대 젊은 선생님이 어린 학생을 주먹과 발, 몽둥이로 닥치는 대로 때렸습니다. 이런 광경은 어디에서도 보지 못한 것이었습니다. 부모가 학교에 오지 않았다는 이유로 이 친구는 정말 죽도록 맞았습니다.

시골 학교에서는 부모님이 학교에 오는 일이 거의 없었습니다. 딱 한 번 있었는데, 바로 입학식 날입니다. 가슴에 손수건을 차고 학교에 입학하는 날, 그날만 엄마가 학교에 왔을 뿐입니다.

나는 친구가 맞는 것을 본 이후, 서울 생활이 결코 좋은 것만은 아니라는 사실을 처음으로 느끼기 시작했습니다. 서울에 안 계시는 부모님을 계속 학교에 나오라고 하는 것이 나에게는 억압으로 다가왔었던 차에 맞지 않아도 될 사안으로 심하게 맞는 친구를 보고는 생각이 바뀌기 시작한 것입니다.

서울 생활은 더 이상 꿈과 낭만이 아니라는 사실을 알기 시작한 것이지요. 이때부터 나는 까무잡잡한 친구들과의 시골 생활이 그리워지기 시작했고, 논 가의 우물물이 먹고 싶어졌습니다. 햄과 약품 냄새 나는 수돗물이 더 이상 좋은 것이 아니라는 사실을 알게 되었습니다. 논 가의 맑은 우물물과 거기에 비춰진 나의 모습들, 냇가에서 함께 물장구치던 친구들이 추억처럼 떠오르기 시작한 것입니다.

은진미륵 보물 찾기

해마다 봄이 오면 학교에서는 봄소풍을 갔습니다. 소풍이 좋은 것은 두 가지 이유 때문입니다. 하나는 모처럼 야외로 나간다는 것이고, 다른 하나는 수업을 하지 않는다는 것입니다. 거기다 하나 더 추가되는 것이 있습니다. 바로 김밥입니다. 평소에는 먹기 힘든 것이 김밥인데 소풍 때만큼은 마음껏 먹을 수 있었습니다.

내가 다니던 원봉국민학교에서 소풍으로 갈 수 있는 장소는 그리 많지 않았습니다. 갈 수 있는 곳이라고 해봐야 언제나 정해져 있었습니다. 대부분 늘 가던 장소를 또 가곤 했습니다.

소풍을 가기 위해서는 무엇보다 중요한 것이 장소였습니다. 학교와 비교적 가까운 거리에 있는 곳이라야 했습니다. 차량을 이용할 수 없으니 걸어서 갈 수 있는 정도의 거리여야만 했던 것이지요. 물론 차량으로 소풍을 가는 때가 전혀 없는 것은 아니었습니다. 6년에 걸쳐 딱 한 번 있었는데, 마지막 학년인 6학년 때의 소풍입니다. 오직 이때에만 차량으로 갈 수 있었는데, 그 가는 장소 역시 대부분 정해져 있었습니다. 대개 부여나 공주와 같은 역사 문화 유적지였습니다.

우리는 저학년이기에 차량으로 가는 것은 먼 후일의 일입니다. 그저 학교에서 가까운 곳으로 가는 것이 대부분이었는데, 이때 늘 가던 곳이 이웃 마을의 갈산이라는 곳입니다. 이를 흔히 '갈산 뒷산'이라고 불렀습니다.

하지만 도보로 가는 소풍은 약간 먼 곳도 갔습니다. 이 또한 전학년에 걸쳐 한 번 정도 갔는데, 논산의 유명한 경승지인 은진이 바로 그곳입니다. 약간 멀긴 해도 여기는 도보가 가능한 곳이었습니다. 은진은 잘 알려져 있다시피 은진미륵이라고 하는 커다란 불상이 있는 곳입니다.

올해는 은진미륵이 있는 곳으로 봄소풍이 정해졌습니다. 늘 가던 갈산이 아니었기에 좋았고, 또 좀 더 멀리 간다는 사실이 우리들에게 어떤 신선감을 주기도 했습니다. 소풍을 가면 할 수 있는 놀이 문화가 그리 많지는 않습니다. 어쩌면 야외에서 김밥 먹는 것이 가장 큰 행사이자 재미였는지도 모릅니다.

어떻든 할 수 있는 놀이라는 것이 대부분 이런 것들이었습니다. 가령, 원으로 둘러앉아서 하는 수건돌리기나 숨박꼭질 놀이, 장기자랑 등등입니다. 그런데 은진 미륵에 가면 이 외에도 꼭 해야만 하는 놀이가 하나 더 있었습니다. 바로 보물찾기였습니다.

사실 이 놀이는 가까운 곳에 가도 할 수 있는 것이었지만, 선생님은 은진에 오면 특별히 이 놀이를 빼서는 안 된다고 강조했습니다.

왜 반드시 이 놀이를 해야 하는 것일까요. 궁금했습니다. 그래서 선생님에게 여쭈어봤는데, 선생님의 설명은 이러했습니다. 지금은 없지만, 원래 은진미륵의 이마에는 커다란 보석이 박혀 있었고, 아침 해가 떠서 햇빛이 그 보석에 비추면 주변이 밝게 빛났다고 합니다.

그런데 일제강점기 시절, 어떤 일본인이 보석을 탐내서 사다리를 타고 올라가 보석을 빼냈다고 합니다. 하지만 일본인은 이 보석을 갖고 도망가다가 은진미륵의 노여움을 사서 벼락을 맞아 죽게 되었다는 겁니다. 그가 죽을 때, 이 보석이 은진미륵 주변에 떨어졌고, 결국에는 잃어버리게 되었다는 겁니다. 이후 보석을 찾으려고 절의 스님들이 몇 날 며칠을 찾아보았지만, 결국은 찾지 못했다고 합니다.

은진미륵 주변에 이 보석은 분명히 있을 것인데, 현재까지 찾지 못했다는 것이 보석에 얽힌 전설이라고 합니다. 그러니 이 주변에서 많은 학생들이 보물찾기 놀이를 하다 보면, 언젠가는 그 보석을 발견할 수 있지 않을까 하는 희망이 생겨나게 되었고, 그래서 이곳에 오면 보석찾기 놀이를 하게 되었다는 거였습니다.

선생님의 말씀을 들은 우리는 그 보석이 어떤 것인가 궁금했고, 또 그것을 꼭 찾아보리라 마음을 굳게 다졌습니다. 우리들은 은진미륵 뒤편에 앉아서 잠시 기다리고 있었습니다. 이때 선생님은 여러 종류의 상품을 적은 종이쪽지를 바위며, 나뭇가지에 숨겨놓는 작업을 하고 있었습니다. 쪽지를 찾으면, 거기에 적힌 내용이 곧 받을 수 있는 선물이었던 것입니다. 선물이라야 노트, 연필 등등이 전부였습니다. 하지만 그것은 우리들의 흥미를 끌지 못했고, 그보다는 값비싼 보석에 더 큰 관심이 가 있었습니다.

이윽고 보물찾기 놀이가 시작되었습니다. 여기저기서 쪽지를 찾았다고 환호하는 소리가 들렸습니다. 하지만 그것은 일부 학생들의 음성일 뿐 대부분의 경우는 잃어버린 보석에 관심을 두고 있었기에 고개조차 돌리지 않았습니다. 그래서 묻혀 있던 돌덩이나 흙에 묻힌 나무 등을 들추며 혹시라도 숨겨져 있을지 모를 보석 찾기에 여념이 없었습니다.

"근데 말야! 왜 부처님 이마에 있는 보석을 훔쳐간 거야?"

"무섭지도 않나?"

보석을 찾으면서 이런 이야기들이 오갔습니다. 사실 절대자의 어느 한 부분이라도 부당하게 건드리는 것은 대단한 용기 없이는 불가능한 일이라고 생각해오던 터였습니다. 우리들은, 신은 전능하기에 그에게 어떤 위해를 가하게 되면 생각지 못한 해코지로 되돌아올 수 있다는 생각을 늘 간직하고 있었기 때문이지요.

"그러고 보면 일본 사람들은 독해!"

"어떻게 부처님 이마에 있는 보물을 훔쳐갈 생각을 했을까?"

나와 친구들은 보물을 찾으면서 이런저런 이야기를 주고 받았습니다. 나라를 빼앗긴 것도 분한데, 보물까지 훔쳐갔다는 생각을 하니 그들이 더욱 미워지기도 했습니다.

어떻든 우리는 그 잃어버린 보물을 혹시라도 찾을까 해서 열심히 돌아다녔습니다. 그러는 사이 해는 어느덧 뉘엿뉘엿 서쪽으로 기울고 있었습니다.

이제 돌아갈 시간이 다가온 것이지요.

선생님은 우리들을 모아놓고, 다음과 같이 말했습니다.

"보물 쪽지 찾은 사람 손 들어봐."

여기저기서 손을 들었습니다.

"보석 찾은 사람?"

아무도 손을 들지 않았습니다.

"부처님 이마에 박혀 있던 보석은 올해도 못 찾았네요!"

"아마, 다음에는 누군가 반드시 찾을 것입니다"

선생님의 말씀은 끝났습니다.

은진미륵으로 간 올해의 소풍은 이것으로 아쉽게 종료되었습니다.

송충이 잡기

초여름이 다가왔습니다. 봄인가 싶더니 벌써 여름으로 접어들고 있었던 것입니다. 이때만 되면 연례행사처럼 하는 일이 있습니다. 송충이 잡기입니다.

"송충이 한 마리 잡으면 나무 하나가 살아납니다."

"우리나라는 산에 나무가 없어요."

"땔나무로 쓰기 위해 나무를 마구 잘라 쓴 탓이지요."

"그래서 한 그루의 나무를 심는 것도 중요하지만, 이미 있는 나무를 잘 가꾸는 것도 중요합니다."

늘 듣던 말이라 선생님의 말씀 중에 새로운 것은 없었습니다.

우리는 교문 앞으로 나아가 일렬종대로 섰습니다. 오늘은 송충이 잡기 행사가 있어서 1교시 수업만 했습니다. 잠시 후 조그만 깡통과 집게 등이 준비되었습니다. 우리는 깡통 하나와 집게 하나를 들고 다시금 줄을 길게 늘어섰습니다. 이제 학교 옆에 있는 산에 가서 송충이 잡기를 해야 합니다.

　선생님의 인솔하에 우리는 앞산에 도달했습니다. 더운 날씨에 뜨거운 햇살을 등에 지고 걸어온 탓에 땀이 많이 나 있었습니다. 몸이 끈적끈적한 것은 물론이거니와 갈증도 심하게 났습니다.
　"자, 빨리 잡고 얼른 집에 가자."
　"오늘 목표는 한 사람당 20마리다."
　"다 잡은 사람은 나에게 검사 받고 가도 좋다."
　연신 거듭되는 선생님의 말씀이 끝나기도 전에 한 학생이 질문을 했습니다.
　"선생님, 마리 수를 채우지 못하면, 집에 못 가나요?"
　"당연하지. 그러니 검사를 한다는 거지."
　직접 검사를 한다니 어떤 요령도 부리기 어려운 여건이었습니다. 집에 빨리 가기 위해서는 송충이를 빨리 잡는 수밖에 없었습니다.
　우리는 각자 흩어져서 산으로 들어가기 시작했습니다. 하지만 너무 더웠습니다. 여기까지 걸어오는 데에도 땀이 많이 났는데, 다시 산에 오르려니까 더 많은 땀을 흘려야 했습니다. 하지만 불평한다고 해결될 일이 아니었습니다. 선생님이 하라고 한 것이기도 하지만 나라에서 시키는 것이니 어쩔 수 없습니다.
　저 앞에 송충이 한 마리가 보였습니다. 털이 수부룩하게 난 것이 보기만 해도 징그러웠습니다. 하지만 잡지 않으면, 그리하여 목표치를 달성하지 않으면, 집에 갈 수 없으니 어떡하든 잡아야 했습니다. 송충이에 집게를 들이댔습니다. 집게로 꼭 잡아서 나무에서 떼어내려고 하니 잘 떨어지지 않았습니다. 몇 번의 씨름 끝에 드디어 한 마리를 잡았습니다.

"야, 나 한 마리 잡았어."

하니까, 여기저기서

"축하해,"

"나도 잡았어."

하는 소리가 들렸습니다.

이렇게 해서 그럭저럭 정해진 마리 수를 채워나가기 시작했습니다. 하지만 송충이를 잡는 것은 무척 괴로운 일이었습니다. 송충이에게서 나온 터럭인지 아니면 나뭇가지에서 떨어진 가루인지는 몰라도 목이랑 팔 등이 무척 가려웠습니다. 게다가 땀까지 흘리니 기분이 더욱 언짢았습니다.

"왜 우리가 이런 일을 해야 하는지 모르겠다."

"전에 보니까 아주머니들이 하루 일당을 받고 송충이 잡는 걸 본 적이 있는 것 같은데."

"그럼 어른들한테 돈 주고 시키면 될 것이지 왜 우리에게 하라는지 모르겠네."

이런저런 불만들이 쏟아졌습니다. 하지만 그 이상 어떤 것을 기대할 방법이 마땅치 않았습니다.

송충이 잡이는 계속되었고, 드디어 할당량을 채운 애들이 나타나기 시작했습니다.

"야! 끝났다."

하고 환호성을 지르고는 이내 밑으로 내려갔습니다.

이를 지켜본 선생님은 눈대중으로 대강 세더니,

"됐어, 가도 좋아."

한 애가 허락을 받고 집으로 돌아갔습니다. 남자애들은 그럭
저럭 채운 것처럼 보이는데, 여학생들은 요지부동이었습니다. 그
들도 남학생과 똑같이 잡아야 하는데, 그렇게 하기가 쉽지 않은
모양입니다.

"아이, 징그러워."

하고 연신 말만 내뱉을 뿐, 제대로 잡는 경우가 없었습니다.

이를 보다 못한 선생님은,

"여학생은 할당량에 상관없이 잡아라."

하는 것이었습니다.

할당된 양을 이제 다 채웠습니다. 점심 때가 다 된 시간이었는
데, 남아 있던 학생들은 남자아이 몇 명과 대부분의 여학생이었
습니다.

"자, 오늘은 여기까지이다."

"잡아온 모든 것들을 여기에 두고 집으로 가도 좋다."

선생님의 말이 끝나자마자 우리는 잡고 있던 깡통을 놓았습니
다. 몸은 땀으로 뒤범벅되어 있었고, 목은 여전히 따끔따끔했습
니다. '송충이 잡이'가 끝났다고 마냥 좋지만은 않았습니다. 어디
서 시원하게 목욕할 만한 곳도 없었고, 갈증을 해소해줄 시원한
물이 있었던 것도 아니었기 때문입니다. 그저 다음에는 이런 일
들을 더 이상 하지 않았으면 좋겠다는 생각들뿐이었습니다.

쥐 꼬리 숙제

국민학교 재학 중에는 연례 행사처럼 하는 행동들이 여럿 있었습니다. 그 하나가 쥐잡기입니다. 무엇을 하라고 강요당하는 것보다 더 싫은 것은 없을 것입니다. 그 가운데 쥐잡기는 다른 어떤 것보다 싫어하는 일 가운데 하나였습니다. 쥐를 잡는 것은 그럭저럭 넘어갈 수 있었지만, 그 증표로 꼬리를 잘라 오라고 하는 것은 정말 내키지 않는 일이었기 때문입니다.

쥐잡기 행사는 수시로 진행되었지만 정규적으로 이루어진 것은 가을걷이 이후입니다. 가을을 거쳐 겨울 동안 쥐가 먹어치우는 곡식이 상당하다는 것입니다. 그중 벼를 가장 많이 먹어치우기에 쥐를 반드시 잡아야 한다는 것이었습니다.

쥐를 잡는 과정은 이렇게 진행되었습니다. 먼저 학교에서 쥐

약을 나누어주면, 우리들은 집으로 돌아가 이를 부모님에게 전해
줍니다. 부모님은 쥐약을 받은 후 곡식에 적당히 바른 다음, 쥐가
잘 다니는 길목에 놓아둡니다. 이렇게 하면 쥐를 잡는 예비 행위
는 끝이 나게 됩니다.

"오늘은 쥐를 잡는 날입니다"

이 말 끝에 선생님은 쥐약 한 봉지씩을 우리에게 나누어주었
습니다.

"한 해에 쥐가 먹어치우는 식량은 헤아리기 어려울 정도로 많
습니다."

"사람도 제대로 먹지 못하는데, 쥐가 이렇게 많은 곡식을 먹어
서야 되겠습니까?"

"그러니 쥐를 반드시 잡아야 합니다."

선생님은 쥐를 잡아야 하는 필연성에 대해 이렇게 누누이 강
조하면서, 다시 한번 쥐를 꼭 잡아야 한다고 신신당부하였습니
다.

쥐약을 놓는 것은 어려운 일이 아니었지만, 이 약 때문에 가끔
사고가 생기는 것이 문제였습니다. 쥐가 먹어야 할 것을 개가 먹
어치우는 경우입니다. 개가 쥐약을 먹으면 쥐처럼 금방 죽지는
않습니다. 대신 눈동자가 돌아가고 침을 계속 흘리면서 으르렁
댑니다. 약을 먹은 후 빠른 시간 안에 구토를 시키지 않으면 개는
결국 죽게 됩니다.

옆집 개가 쥐약을 먹었습니다. 개가 연신 으르렁거리고 침을
흘리면서 미쳐 날뛰기 시작했습니다. 빨리 토하게 하지 않으면

개가 위험에 처하게 됩니다.

쥐약을 먹은 개는 주인도 못 알아봅니다. 따라서 잘못 건드리면 물리기 십상입니다. 개를 구토시키기 위해서는 움직이지 못하게 잡아야 합니다. 그런 다음 개의 입에 단단한 나무를 물려서 개의 입을 벌려야 합니다. 그런 다음 거기에 비눗물이나 양잿물을 쏟아부어 먹입니다. 되도록 많이 먹어야 합니다. 그래야 개가 쥐약을 쉽게 토해낼 수 있는 것입니다. 오늘은 비교적 성공한 편입니다. 비눗물을 많이 먹은 개가 먹은 쥐약을 상당량 토했기 때문입니다. 이 개는 살아날 수 있었습니다.

쥐약을 놓은 다음 날, 여기저기서 죽은 쥐가 발견되었습니다. 별로 좋은 모습은 아니었지만, 그럼에도 죽은 쥐를 수거해야 합니다. 꼬리를 자르기 위해서입니다. 한두 마리 분량의 것을 가져가서는 통과가 안 됩니다. 많이 가져가야 선생님이 정해준 목표량에 이를 수 있고 또 그래야만 선생님의 칭찬을 받을 수 있습니다.

죽은 쥐를 놓고 칼로 꼬리를 자르려 했습니다. 하지만 잘 되지 않았습니다. 그런 동작을 여러 번 반복해서야 비로소 하나를 자를 수 있었습니다. 그런 다음 그것을 조그만 성냥갑에 담았습니다. 대여섯 마리 정도를 자른 것으로 보입니다. 하지만 뭔가 부족해 보였습니다. 더 있어야 했습니다. 하지만 죽은 쥐가 없으니 달리 방법이 보이지 않았습니다.

'선생님이 많이 가져와야 한다고 했는데.'

'다른 애들보다 적으면 어떡하나.'

궁리 끝에 나는 꼼수를 부리기로 했습니다. 한 번 더 잘라서 개수를 늘리고자 했던 것입니다. 쥐의 꼬리는 비교적 길었기에 이런 꼼수는 가능했습니다.

이튿날 쥐의 꼬리가 담긴 성냥갑을 들고 학교에 갔습니다. 다른 애들도 똑같이 가져왔습니다.

이윽고 선생님의 검사가 시작되었습니다.

"야! 너는 열 개를 담아 왔구나. 잘했어."

몇 차례의 순서가 지나고 내 차례가 되었습니다.

"너도 열 개구나. 잘했어"

칭찬을 받았으니 안도가 되었습니다. 그런데 선생님은 돌아서는 나를 갑자기 불러세웠습니다.

"가만, 네가 가져온 것 중에 좀 이상한 것이 있다. 꼬리의 상처가 양쪽에 나 있잖아. 너 한 마리에서 두 개를 잘랐지?"

나의 꼼수가 들키는 순간이었습니다. 선생님은 나의 거짓을 그냥 넘기지 않은 것입니다.

힘없는 목소리로 그저

"네."

라고 시인했습니다. 하지만 여러 정황상 기분이 좀 좋지 않았습니다. 꼬리 자르는 것도 뭣한데, 칭찬은커녕 선생님에게 나의 거짓이 들통났기 때문입니다. 나의 그런 기분을 알았던지 선생님은,

"수고했어."

라고 한마디 하고는 더 이상 아무 말도 하지 않았습니다.

"다행이다."

쥐잡기는 끝났지만, 앞으로 이런 행사는 없었으면 좋겠다고 늘 생각했습니다. 죽은 동물의 몸에 손을 댄다는 것보다 싫은 일은 없었기 때문입니다. 그것이 특히 쥐라서 더욱 싫었습니다.

오늘은 어떻든 그럭저럭 넘어갔습니다.

육성회비

국민학교에 다닐 때에는 학비라는 것을 내지 않았습니다. 의무교육이기 때문입니다. 하지만 국민학교가 의무교육이라는 사실을 어린 우리로서는 알 턱이 없었습니다. 또 설사 알았다고 하더라도 그것이 어떤 원리에 의해서 시행되는 것인지도 이해하지 못했을 것입니다. 그에 대한 폭넓은 이해는 단지 먼 훗날의 일이었습니다.

의무였기에 책은 무상으로 받을 수 있었지만, 각종 학용품들은 그렇지 않았습니다. 교복 또한 마찬가지였습니다. 교복이라고 하니 이상하겠지만, 당시 내가 다니던 학교에서는 국민학교임에도 불구하고 교복을 입었습니다. 큰 도시에 있는 학교들은 자율 복장이었지만, 이 학교는 그렇지 않았던 것이었습니다.

중고등학생도 당연히 교복을 입었지만, 이들의 복장과 우리의 복장은 같지 않았습니다. 무엇보다 다른 것은 우리의 교복에는 하얀 컬러가 달려 있었다는 점이었습니다. 하지만 중고등학교 교복은 신부복과 마찬가지로 목 주위가 둥근 테로 둘러쳐져 있었습니다.

의무교육임에도 불구하고 학교에 내야 하는 돈이 전혀 없었던 것은 아닙니다. 육성회비가 있었기 때문입니다. 이 돈이 어디에 쓰이는지는 몰라도 한 학년에 300원 정도로 냈던 것으로 기억됩니다. 운동회나 입학식 때, 교장 선생님의 말씀과 함께 육성회장의 말씀이 있었던 것으로 미루어, 그와 관련이 있는 것으로 생각했습니다.

1970년 2학년을 마칠 무렵이었습니다. 그해는 유달리 육성회비에 대한 선생님의 독촉이 심했습니다. 학교에 내는 것이니 당연히 내라는 것이었고, 또 우리 반의 실적이 다른 반에 비해 좋지 않아서인지 선생님의 독촉이 대단했습니다.

무엇이 진실인지는 몰라도 우리 반의 실적이 좋지 않다는 선생님의 성화는 날이 갈수록 심해졌습니다. 아침 교무회의를 갔다 오게 되면, 다른 때보다도 우리들을 더욱 채근하는 것이었습니다. 아마도 교장 선생님한테 무슨 이야기를 들은 탓일 겁니다.

수업이 끝나고 집으로 돌아가는 시간에 선생님은 육성회비 미납자를 대상으로 다시 한번 독촉의 말을 던졌습니다. "내일은 육성회비를 꼭 갖고 와라."라고 하는 것입니다. 나는 집에 돌아와서 선생님의 이런 말을 전했습니다. 내 이야기를 들으신 아버지는 아무 말씀도 하지 않았습니다.

겨울 방학이 얼마 남지 않았습니다. 방학이 끝나면 이제 한 학년은 마치게 됩니다. 물론 2월에 며칠 등교하는 날이 있기는 하지만 말입니다.

다시 육성회비 문제가 불거졌습니다. 나를 포함해서 두세 명이 안 냈습니다. 다른 학생들이 하교한 뒤에 육성회비를 미납한 우리 몇 명은 다시 교실에 남았습니다.

"내일까지는 육성회비를 가져와야 한다. 만약 가져오지 않는다면, 3학년에 진급시키지 않을 거다."

선생님의 이 말을 듣고 겁이 버럭 났습니다.

'나보고 다시 2학년을 다니란 말인가.'

가슴이 너무 두근거렸습니다.

초조한 마음을 안고 집으로 돌아왔습니다. 그리고는 학교에서 있었던 일을 아버지에게 말씀드렸습니다.

"내일까지 육성회비를 내지 않으면, 3학년 진급을 안 시켜준대요."

아버지는 여전히 아무 말씀도 안 하셨습니다.

이튿날 등교 시간이 되었습니다. 나는 다시 아버지에게 말씀드렸습니다.

"오늘 육성회비를 안 가지고 가면, 3학년으로 진급 안 시켜준대요."

"돈이 없어, 어떻게 하냐?"

라는 답이 돌아왔습니다.

'돈이 없다는데 어쩔 수 없는 일 아닌가.'

나는 책보를 들고 집을 나섰지만 별별 생각이 다 들었습니다.

'친구들은 모두 3학년이 되는데, 나만 다시 2학년을 다녀야 하는 것인가.' 그 생각을 하니 눈앞이 캄캄해졌습니다. 그래서 더이상 학교로의 발걸음이 떨어지지 않았습니다.

지금까지 단 한 번도 지각조차 안 했기에 '혹시 이러다가 지각하는 것은 아닐까' 하는 생각이 들기도 했습니다. 학교에 가야 한다는 생각이 계속 맴돌지만 발걸음이 쉽게 떨어지지 않았습니다. 몇 번을 망설이다가 다시 학교로 발걸음을 옮겼습니다. 그런데 갑자기 눈물이 막 쏟아지기 시작하는 것이었습니다. 엉엉 크게 울었습니다. '내가 다시 2학년이라니' 하고 생각하니 눈물이 계속 나왔습니다.

이렇게 소리 내어 울면서 100미터쯤 갔을 때, 뒤에서 부르는 소리가 났습니다. 작은누나였습니다.

"육성회비 여기 있다."

나의 울음을 듣고 아버지가 육성회비를 주신 것입니다.

나는 갑자기 울음을 그쳤습니다.

"아니 돈이 있었네. 근데 왜 안 주신 거야?"

"그건 말이야……."

누나는 잠시 머뭇거리더니 말했습니다.

"보리 사려고 남겨두었던 돈이래!"

나는 돈을 냉큼 들고 학교로 향했습니다. 이제 친구들과 더불어 3학년으로 진급할 수 있다고 생각하니 다행이라는 생각이 들었습니다.

'우니까 돈이 나오네.'

'돈이 필요하면 계속 울면 되는 것인가'

이런저런 생각들이 스쳐 지나갔지만 이내 잊어버렸습니다. 나도 이제 3학년이 된다는 사실만이 뭉클하게 다가왔을 뿐입니다.

제3부

가난을 나누어 먹는 날

상엿집

마을 한쪽 언덕에는 상엿집이 있었습니다. 단청을 한 작은 기와집이었는데, 처음에는 그곳이 뭐 하는 곳인지 몰랐습니다. 그곳에는 귀신이 산다거나 도깨비불이 있다는 소문만 무성하게 있었습니다. 그래서 그곳은 그저 무서운 곳으로만 알고 있었고, 웬만해서는 가까이 가지 않았습니다.

마을에서 할머니 한 분이 돌아가셨습니다. 장례는 돌아가신 날을 기준으로 보통 3일장을 치렀습니다. 어른들은 장례를 위한 준비가 필요하다고 했고, 그 준비물들은 상엿집에 있다는 것입니다. 이 말을 듣고 나서야 비로소 상엿집이 뭐 하는 곳인지 알 수 있었습니다.

상여를 꺼낸다는 말에 호기심이 일어서, 어른들의 뒤를 살살 따라가 보았습니다. 그들은 커다란 자물쇠로 잠긴 상엿집을 연 다음, 그곳에서 상여를 꺼냈습니다. 나무로 되어 있고 집 같은 모양을 하고 있었으며, 둘레는 단청으로 색칠이 되어 있었습니다. 가끔 보던, 영락없는 상여의 모습이었습니다. 뿐만 아니라 대나무에 걸려 있는 수많은 만장도 있었고, 상여의 지붕에 매다는 커다란 천도 있었습니다.

어른들은 상여에 묻은 먼지를 털고 걸레로 잘 닦았습니다. 그런 다음 조립을 하고, 천을 달아 상여의 본모습을 갖추게 했습니다.

상여가 만들어지자 어른들은 양쪽으로 들어가서 거기에 매달려 있는 끈을 어깨에 걸쳤습니다. 그리고 선두에 선 사람, 이를 설소리꾼이라고 불렀는데, 이 사람의 지시에 따라

"영차!"

하고는 모두 일어섰습니다. 일종의 예행 연습 비슷한 것이었는데, 상여가 부서지지는 않았는지 끈이 단단히 매어졌는지를 알아보는 절차였습니다. 이상이 없는 듯 보였습니다.

예행 연습이 시작되었습니다. 먼저 설소리꾼이 선창을 했습니다.

"이제 가면 언제 오나!"

"이제 가면 언제 오나!"

하고 상여를 맨 사람들이 이어서 불렀습니다.

이들의 모습에서 어떤 작은 공연을 보는 듯했습니다. 한편으로는 공동의 축제처럼 생각되기도 했습니다. 죽는 것은 슬픈 일인데, 이들이 메고 내는 소리나 화음들은 그런 정서와는 거리가 있는 듯 보였습니다.

예행 연습이 끝나고 이제 출상의 날이 다가왔습니다. 시신을 담은 관이 상여의 밑으로 들어가면 상여는 나갈 준비가 다 된 것입니다. 곧이어 설소리꾼이 상여에 올라타고, 상여꾼들은 상여 곁에 들어가 끈을 어깨에 맸습니다. 이에 참가하는 인원은 적어도 10여 명 이상입니다.

유족들은 상복을 입고 뒤에 서 있었습니다. 이들은 삼베로 만든 옷을 입고, 머리엔 삼베로 만든 두건을 쓰고 있었습니다. 두건은 짚으로 만든 띠로 고정하고 있었습니다.

설소리꾼은 크게 외쳤습니다.

"이제 가면 언제 오나! 어이 햐, 어이 햐."

상여꾼들이 이어서 외쳤습니다.

"이제 가면 언제 오나! 어이 햐, 어이 햐."

이런 합창과 더불어 긴 만장을 앞에 세운 채, 할머니는 정든 마을을 떠나갔습니다.

장례는 무사히 치러졌습니다. 장지에 갔다 온 상여는 해체되어 다시 상엿집으로 들어갔습니다. 이런 모습을 보고 나니 상엿집은 이제 더욱 무서운 곳이라는 생각이 들었습니다. 혼자는 물론이거니와 친구들 하고 놀 때에도 그곳에는 절대로 가지 않았습니다.

이런 것이 우리 마을의 상엿집이었는데, 가끔은 이곳의 상여가 아니라 꽃상여로 장례를 치르는 사람들도 있었습니다. 꽃상여의 설소리꾼과 상여꾼들의 합창은, 목상여의 경우와 하등 다를 것이 없었습니다.

그럼에도 분명한 차이가 있다고 합니다. 나무로 만든 상여, 곧 목상여는 반영구적인데 꽃상여는 일회용이라는 것입니다. 그것은 곧 신분의 차이, 경제의 차이를 말해주는 것이었습니다. 전자는 공짜이고, 후자는 그렇지 않았습니다. 그래서 부자들은 삶의 마지막 길을 꽃상여를 타고 가고, 그렇지 않은 사람들은 목상여를 타고 갔습니다.

꽃상여는 하얀 종이와 오색 테이프를 감아서 만든 것이기에 무척 화려해 보였습니다. 반면 목상여의 단청 등은 그럴듯하게 보이지만 꽃상여만큼 화려하지는 않았습니다. 마을 사람들 대부분은 목상여를 이용했습니다. 당연히 공짜였기 때문에 그러한 것이지요. 따라서 상엿집은 이들을 위한 것이었습니다.

어느 날 저 멀리 꽃상여가 또 나갔습니다.

'아, 부잣집 어떤 분이 돌아가셨구나.'

'참 아름답네.'

이런 생각이 자연스럽게 들었습니다.

그럼에도 마음 한 켠으로는 꽃상여가 마냥 좋다거나 부럽다는 생각은 들지 않았습니다. 죽음이란 무척 슬픈 것이기 때문이지요.

"이제 가면 언제 오나! 어이 햐."

"이제 가면 언제 오나! 어이 햐."

하는 상여꾼들의 소리가 저 멀리서 아련하게 들려왔습니다.

다시 볼 수 없는 친구

옆집에 태식이라는 친구가 살았습니다. 성격과 덩치도 나와 비슷했고, 취미도 같아서 다른 누구보다도 친하게 지냈습니다. 놀 때도 그렇고 학교 갈 때도 항상 같이 다녔습니다.

학교에 갈 때, 내가 먼저 준비되면, 친구 집 앞에서 기다렸고, 친구가 먼저 준비되면, 친구 또한 그렇게 했습니다. 그 친구와는 잠자는 시간 말고는 거의 같이 행동하고 함께 있었다고 할 수 있습니다.

그런데 한번은 이런 일이 있었습니다. 어떤 이유인지는 몰라도 이 친구가 돈을 많이 갖고 있었습니다. 평소라면, 우리들이 지닐 수 없는 정도의 많은 돈이었습니다. 그는 돈이 있으니 맛있는 거 많이 사 먹자고 하면서 나에게도 몇십 원을 주었습니다. 우리는 일단 구멍가게로 달려갔습니다. 평소에 먹고 싶었던 것을 많이 샀습니다. 쉽게 먹을 수 없었던 과자이기에 정말 맛있게 먹었습니다.

하지만 먹는 즐거움은 오래가지 않았습니다. 아이들이 가질 수 있는 수준 이상의 돈이 소비되었기에 겁이 덜컥 났기 때문입니다. 친구는 엄마가 준 것이니까 괜찮다고 했지만 믿어지지가 않았습니다. 어떻든 그의 말을 들으니 조금 안심이 되긴 했지만, 그래도 불안한 구석이 완전히 가신 것은 아니었습니다.

저녁이 되었습니다. 친구 엄마가 헐레벌떡 뛰어왔습니다. 쌀을 사기 위해 방 안에 놓아둔 돈이 없어졌다는 것이었습니다.

"그런데 그걸 왜 우리 집에서 묻는 겁니까? 우리 애가 도둑질이라도 했다는 겁니까?"

하며 엄마는 의아해했습니다.

"아니, 그게 아니고요. 우리 애가 엄마 허락도 없이 돈을 갖고 나가서 그걸로 뭘 사 먹었다고, 그리고 당신 애한테도 돈을 줬다고 해서요."

"예?"

"얼마나 받았대요?"

"애야! 너 태식이한테 돈 얼마나 받았냐?"

엄마가 나를 큰 소리로 부른 뒤, 이렇게 묻는 것이었습니다.

"30원이요."

"그래? 그거 다 어디 있냐?"

"과자 사 먹었어요."

"그 많은 돈을?"

"죄송해요, 태식이가 엄마가 준 것이라고 해서……."

엄마는 죄송하다고 하고 집에 있던 돈을 탈탈 털어서 돌려주었습니다.

아줌마가 돌아간 뒤에 나는 엄마한테 또다시 혼났습니다.

"그런 돈은 우리 집에도 부담이 되는 거야, 근데 어찌……."

어떻든 먹고 싶었던 과자를 실컷 먹었습니다. 꾸중을 듣긴 했지만 기분이 그렇게 나쁘지는 않았습니다. 평소에 먹을 수 없었던 것들을 많이 먹었기 때문입니다.

그 일이 있은 후 얼마가 지났습니다. 학교에 가려고 집을 나섰고, 늘 하던 대로 친구의 집 앞에서 기다리고 있었습니다. 그런데 한참이 지난 뒤에도 친구는 나오지 않았습니다.

"태식아!"

하고 크게 불렀지만, 답이 없었습니다. 그래서 집 안으로 들어가 보았습니다. 평소와 다름이 없었습니다. 다만 문에 바른 창호지들이 여기저기 찢겨져 있었습니다.

무슨 일이 생긴 것일까 궁금했지만, 이유를 알 수가 없었습니다. 그냥 혼자서 학교에 갔습니다. 학교에 가니 태식이는 오지 않았습니다. 담임 선생님도 친구가 오지 않은 이유에 대해 궁금해했습니다.

"오늘은 왜 너 혼자서 왔니?"

"친구가 없어서 그냥 혼자 왔어요."

하교종이 울리고 집으로 돌아왔습니다. 오는 길에 다시 한번 친구의 집을 살펴보았습니다. 아침의 모습과 크게 달라진 것은 없었습니다. 나는 그의 소식이 무척 궁금했습니다.

그래서 곧바로 엄마를 찾았습니다.

"어젯밤에 도망갔다고 하더라."

"도망요?"

"어디로요?"

"그건 나도 모른단다."

"왜 도망갔대요?"

"아마도 빚이 많아서 그랬는가 보더라! 도망가면 안 갚아도 되니까……."

하며 엄마는 고개를 떨궜습니다.

도망갔다는 말이 낯설게 들렸습니다. 누구는 그들이 인근 마을로 갔다고도 하고, 누구는 서울 쪽으로 갔다고도 했지만, 그 친구가 간 곳을 정확히 아는 사람은 아무도 없었습니다.

나는 태식이가 무척이나 궁금했고, 보고 싶기도 했습니다. 그러는 한편으로 왠지 모르게 무섭다는 생각도 들었습니다.

다음 시는 1938년에 발표된 이용악의 「낡은 집」입니다. 살기 힘들어 도망갈 수밖에 없는 현실은 30여 년이 지난 다음에도 동일하게 반복되었던 거 같습니다. 이런 도망이 어찌 이 시대만의 특수한 상황이었을까요. 그것은 시대를 초월해 늘 있었던 것이라고 생각합니다. 그만큼 가난은 우리 민중에게 늘 따라다녔던 천형과도 같은 것이었습니다.

날로 밤으로
왕거미 줄치기에 분주한 집
마을서 흉집이라고 꺼리는 낡은 집
이 집에 살았다는 백성들은
대대손손 물려줄
은동곳도 산호 관자도 갖지 못했니라.

재를 넘어 무곡을 다니던 당나귀
항구로 가는 콩실이에 늙은 둥글소
모두 없어진 지 오랜
외양간엔 아직 초라한 내음새 그윽하다만
털보네 간 곳은 아무도 모른다.

찻길이 놓이기 전
노루 멧돼지 족제비 이런 것들이
앞뒤 산을 마음놓고 뛰어 다니던 시절
털보의 셋째 아들
나의 싸리말 동무는
이 집 안방 짓두광주리 옆에서
첫울음을 울었다고 한다.

"털보네는 또 아들을 봤다우
송아지래두 불었으면 팔아나 먹지"
마을 아낙네들은 무심코
차가운 이야기를 가을 냇물에 실어 보냈다는
그날 밤

저릎등(燈)이 시름시름 타들어 가고
소주에 취한 털보의 눈도 일층 붉더란다.

갓주지 이야기와
무거운 전설 가운데서 가난 속에서
나의 동무는 늘 마음 졸이며 자랐다.
당나귀 몰고 간 애비 돌아오지 않는 밤
노랑고양이 울어울어
종시 잠 이루지 못하는 밤이면
어미 분주히 일하는 방앗간 한 구석에서
나의 동무는
도토리의 꿈을 키웠다.

그가 아홉 살 되던 해
사냥개 꿩을 쫓아 다니는 겨울
이 집에 살던 일곱 식솔이
어디론지 사라지고 이튿날 아침
북쪽을 향한 발자국만 눈 위에 떨고 있었다.

더러는 오랑캐령 쪽으로 갔으리라고
더러는 아라사로 갔으리라고
이웃 늙은이들은
모두 무서운 곳을 짚었다.

지금은 아무도 살지 않는 집
마을서 흉집이라고 꺼리는 낡은 집

제철마다 먹음직한 열매
탐스럽게 열던 살구
살구나무도 글거리만 남았길래
꽃피는 철이 와도 가도 뒤울안에
꿀벌 하나 날아들지 않는다.

— 이용악, 「낡은 집」

미제와 일제

농촌 사람들에게 "직업이 뭐냐" 혹은 "뭐 하는 분이냐"라고 묻는 것은 좀 낯선 경우입니다. 왜냐하면 농촌에서 직업이란 특별한 것이 없기 때문입니다. 대부분 농사일에 종사하기에 직업이 뭐냐고 묻는 것은 상식 이하의 질문일 수밖에 없을 것입니다. 물론 농촌에 산다고 해서 모두 농사일에 종사하는 사람들만 있는 것은 아닙니다. 그들 가운데에는 면서기도 있고, 농촌지도소에 다니는 사람도 있고, 경우에 따라서는 학교 선생님도 있었기 때문입니다.

우리 집은 농촌에 살고 있었지만 농사를 짓지는 않았습니다. 집 한 귀퉁이에 딸린 조그만 텃밭에서 감자나 고추 정도를 조금 심어서 먹었을 뿐입니다. 그러니 이를 두고 우리 집이 농업에 종사한다고는 할 수 없을 것입니다.

우리 집은 농사를 짓지 않았습니다. 아버지는 농사일이 아니라 농기계 수리업에 종사하고 있었던 까닭입니다. 각종 탈곡기라든가, 발동기, 혹은 딸딸이라고 부른 기계를 수리하는 것이 아버지의 직업이었습니다. 아버지는 이것 말고도 가끔은 목수 일도 하셨습니다. 그것은 그가 목수 일에 특별한 재능이 있었다거나 기술이 있었기 때문에 그런 것은 아니었습니다. 그것을 가능케 했던 것은 우리 집에 농기계를 수리하는, 각종 공구가 많았기 때문입니다.

다양한 기계를 수리하고 조립하다 보니 우리 집에는 공구 등을 비롯한 각종 기계 장비가 많았던 것입니다. 다양한 종류의 망치를 비롯해서 펜치, 몽키스패너, 톱, 칼 등등 없는 것이 없을 정도였습니다.

공구의 종류만큼이나 그 생산지 또한 다양했습니다. 국산을 비롯해서 미제와 일제, 아주 드물지만 독일제 등도 있었습니다. 공구가 곧 생업이다 보니 아버지는 공구를 매우 소중히 다루었습니다. 쓰지 않을 때에는 기름칠을 해서 녹슬지 않게 잘 보관하는가 하면 틈틈이 잘 닦아두기도 했습니다. 그런데도 가끔 도둑이 들어 공구를 훔쳐가는 일이 생기곤 했습니다.

아버지는 공구를 잃어버리거나 혹은 그것이 부서지게 되면, 이를 사러 논산 시내에 가곤 했습니다. 하지만 모든 것이 여기에 있었던 것은 아닙니다. 경우에 따라 구입이 어려운 것들은 서울에서 구입하기도 했습니다. 서울 가운데에서도 특히 청계천 주변에 각종 공구상들이 많이 있어서 아버지는 그곳에 주로 갔습니다.

아버지가 서울에 가면 나도 가끔 따라갔습니다. 내가 서울에 갈 수 있었던 것은 딱히 다른 이유가 있어서가 아니었습니다. 버스나 기차를 공짜로 탈 수 있었기 때문에 갈 수 있었던 것입니다. 국민학교 저학년까지는 반값도 받지 않던 시절이었습니다.

청계천을 두고 좌우에는 수많은 공구상들이 늘어서 있었습니다. 제품들도 많았거니와 각종 기름 냄새가 코를 찌르는 곳이 이곳 청계천이었습니다. 하지만 아무도 이를 상관하지 않고 자신들의 일을 보았습니다. 구경꾼들은 자신들이 필요한 제품을 살펴보거나 맘에 들면 흥정하곤 했습니다. 아버지도 그 대열에 끼어들었습니다.

"몽키스패너 있어요?"

"네, 있습니다."

점원은 여러 종류의 몽키스패너를 가지고 나와서 보여주었습니다.

그러면서 국산과 미제, 일제 등등의 제품을 제시하고는 그 장단점에 대해 설명해주었습니다.

"가격은 국산이 제일 쌉니다. 미제와 일제는 좀 비싸고요."

익히 알고 있던 내용들입니다. 아버지는 좀 망설이더니,

"일제로 주세요."

하면서 돈을 건넸습니다.

몽키스패너를 산 다음, 아버지는 다음 가게로 가서 베어링(축받이)을 구입했습니다. 여기서도 앞의 가게에서 벌어졌던 풍경이 다시 반복되었습니다.

"미제로 주세요."

아버지는 망설이지 않고, 이번에는 미제를 구입했습니다.

무척 가난했던 시절이기에 한 푼이라도 저렴한 것을 사는 것이 올바른 소비일 것입니다. 또 그것이 당연한 경제 원리이지만, 아버지는 이렇듯 국산을 외면했습니다. 아버지가 애국심이 없어서 그런 게 아닙니다. 그럼에도 아버지는 국산은 되도록 사지 않았습니다. 나는 아버지의 이런 구매 행위가 잘못된 것이라고 생각한 적이 없었습니다.

그것은 다음과 같은 일들을 많이 보아온 탓입니다. 나무에 박힌 못을 국산 펜치로 빼고자 하면, 못이 빠지는 것이 아니라 공구가 먼저 뭉그러졌습니다. 몽키스패너도 마찬가지입니다. 볼트나 너트를 조이거나 뺄 때, 국산을 사용하면 잘 조여지거나 빠지지도 않을뿐더러 공구가 먼저 손상되기 일쑤였습니다. 톱의 경우도 그러했습니다. 나무가 잘 잘리지도 않았을 뿐만 아니라 톱니 또한 쉽게 부러졌습니다.

게다가 국산은 일정 기간이 지나거나 비를 맞게 되면, 영락없이 녹이 슬기 시작했습니다. 하지만 미제와 일제는 그렇게 빨리 녹이 스는 것을 보지 못했습니다. 국산과 외제의 차이란 대강 이런 것이었습니다.

미제와 일제는 우열을 가리기 어려울 정도로 품질이 비슷했습니다. 그 가운데 어느 것이 더 좋은지 선택하라면 쉽지 않은 일이 될 것입니다. 내구성이라든가 강도 등등이 거의 비슷했기 때문입니다.

국산 제품은 이렇듯 품질이 좋지 않았습니다. 따라서 국산은 구매해봤자 얼마 쓰지 못하고 다시 살 수밖에 없는 형국이 되었습니다. 그러니 처음에 좀 비싸더라도 미제와 일제를 사는 것이 훨씬 경제적이었던 것입니다.

공구에 대한 경험이 없었다면, 국산이 무엇이고, 또 일제가 무엇이며, 미제가 무엇인지 잘 구분하지 못했을 것입니다. 그것은 어릴 적 소중한 경험이었는데, 어떻든 나는 이때, 우리나라가 참 못났다는 생각이 들었습니다. 그리고 이따금 서글픈 생각까지 들기도 했습니다. 도대체 일본과 미국은 뭐 하는 나라이기에 이렇게 물건들을 잘 만드는 것일까요. 미제와 일제는 그저 넘지 못할, 선망의 대상일 뿐이었습니다.

김일의 레슬링

1960년대 후반과 70년대 초반에, 우리 마을에 텔레비전을 갖고 있는 집은 단 한 집뿐이었습니다. 이런 풍경은 이 시기 한국의 농촌 마을이라면 아마도 거의 비슷했을 거라고 생각됩니다. 그래서 텔레비전을 본다는 것은 무척이나 낯선 체험이 아닐 수 없었습니다. 파란 배경 속에 등장하는 인물들을 본다는 것은 정말 신기한 일이었습니다.

하지만 텔레비전을 본다는 것은 생각보다 쉽지 않은 일이었습니다. 텔레비전을 가지고 있는 집에서 쉽게 개방을 하지 않은 까닭이지요. 어쩌다 재미있는 프로그램이 있을라치면, 그 집 안방에 들어가 보는 경우가 가끔 있긴 했습니다.

텔레비전 앞에 앉을 수 있다는 것은 무척 흥분되는 일이었습니다. 이때 보았던 것 중 가장 기억에 남는 프로그램 가운데 하나는 〈여로〉였습니다. 워낙 재미있다 보니 주인분께서 가끔씩 이

프로그램이 방영될 때 보여주곤 했습니다.

　텔레비전은 무슨 보물 상자와도 같았습니다. 네 다리로 서 있으면서 대단한 위용을 뽐내곤 하는 것이 마치 요술상자처럼 보이곤 했지요. 방송이 시작될 무렵 브라운관을 덮고 있던 미닫이문이 열리고 브라운관이 드러나게 되면, 떨리던 가슴은 늘 절정에 이르곤 했습니다.

　재미있고 신기한 이 물건을 우리 집도 가졌으면 하는 바람은 언제나 있었습니다. 그러나 그것은 불가능한 일이었습니다. 하루하루를 힘겹게 살아가는 우리에게, 그리고 사람들에게 이 신비의 마술 상자를 품는다는 것은 어려운 일이었기 때문입니다.

　어쩌다 한 번 볼 수 있었던 텔레비전은 우리에게 신기한 체험과, 경우에 따라서는 꿈도 심어주었습니다. 그 하나가 바로 김일의 레슬링 경기였습니다.

　김일의 레슬링 경기는 워낙 인기가 많다 보니 텔레비전을 갖고 있던 주인은 이때만큼은 모든 동네 사람들에게 개방해주었습니다. 텔레비전을 방문 입구로 옮겨서 마당에 있는 사람들이 잘 볼 수 있게끔 설치해주었던 것입니다.

　경기가 있는 날, 마당에는 커다란 멍석이 깔렸습니다. 이때 어린이들은 모두 여기에 앉았고, 어른들은 주변에 서서 구경했습니다. 경기가 시작될 무렵이 되면 마당 안에는 사람들로 가득 찼습니다.

　레슬링 경기는 보통 오픈 경기와 메인 경기로 진행되었습니다. 오픈 경기는 주로 신인들이 시합을 했고, 이 경기가 끝나면 본 게임, 곧 김일 선수의 레슬링 경기가 시작되는 것이지요.

이제 김일의 경기가 시작할 때가 되었습니다. 아나운서는 상대편 선수를 먼저 소개했는데, 대부분의 경기가 그러하듯 상대편은 주로 일본 선수였습니다. 다음으로 김일 선수가 소개되었습니다. 아나운서의 소개 멘트가 끝나자마자 텔레비전에서는 우레와 같은 함성이 들렸고, 마당 한가운데에서도 커다란 박수 소리가 들렸습니다.

팽팽한 경기로 시작되었지만, 시간이 흐를수록 경기는 일본 선수의 일방적인 흐름으로 진행되었습니다. 상대로부터 김일 선수는 계속 얻어맞았고, 피도 많이 흘렸습니다. 그러한 모습을 지켜보는 우리들은 가슴을 계속 졸일 수밖에 없었습니다. 게다가 그 상대 선수가 일본인이라는 점이 우리로 하여금 더욱 초조하게 만들고 또 경우에 따라서는 분하게도 만들었습니다.

우리에게 일본은 그저 나쁜 상대일 뿐이었습니다. 학교에서 배운 것은 주로 이런 것들이었습니다. 역사적으로 왜구는 우리 해변가에서 노략질을 일삼았고, 근대에 들어서는 우리나라를 부당하게 지배한 주체들이었습니다. 뿐만 아니라 그들은 독립운동가들을 탄압하고 죽였습니다. 이러한 생각을 더욱 굳게 한 것은 유관순 누나의 비참한 죽음을 알게 된 이후입니다. 그러니 그들에게 복수의 감정이 일었던 것은 자연스러운 것이었습니다.

따라서 이들 일본 선수들과의 경기에서 패배한다는 것은 받아들이기가 어려웠습니다. 무조건 이겨야 한다고, 오직 그 한마음으로 경기를 지켜보고 있는 것이었습니다. 그러니 김일 선수가 무차별적으로 얻어맞는 것을 보는 일은 우리로 하여금 더욱 분한 감정을 갖도록 만들었습니다.

그러던 차에 반전이 일어났습니다. 얻어맞던 김일 선수가 정신을 차리는 듯하더니 그의 특기인 박치기 공격을 시작한 것입니다. 얻어맞은 일본 선수는 비틀거렸고, 이윽고 넘어졌습니다. 심판은 승리의 표식으로 김일 선수의 손을 들어주었습니다. 이때 다시 한번 승리의 함성이 텔레비전 밖으로 흘러나왔고, 마당에서도 환호와 박수 소리가 터져 나왔습니다.

김일의 레슬링은 단지 스포츠 자체만의 의미로 한정되는 것이 아니었습니다. 그가 승리했다는 것은 일본에게 당한 상처를 보상받는 일이었고, 우리에게는 '할 수 있다'는 꿈을 심어주는 일로 생각되었습니다. 그래서 김일의 경기를 지켜보면서 늘 가슴이 벅차오름을 느낄 수밖에 없었습니다. 또 다음에 있을 그의 경기가 그래서 기다려지곤 했습니다.

흑백 텔레비전

1970년대 들어서면서 사회는 비교적 빠르게 바뀌기 시작했습니다. 이는 근대화를 표방한 정부의 강력한 의지가 만들어낸 결과일 것입니다. 그것의 영향을 받았던 것인지 농촌 마을의 풍경이나 문화도 이전과 달리 많이 변화하기 시작했습니다.

그러한 변화 가운데 하나가 흑백 텔레비전의 보급이었습니다. 흑백 텔레비전이 처음 등장한 것이 언제인지는 모르지만, 1970년대 초반만 해도 텔레비전은 한 마을에 한두 집 정도만 갖고 있었습니다. 마을에서 소위 부자라고 불리는 집들만 텔레비전을 소유할 수 있었던 것입니다.

텔레비전은 부의 상징이었습니다. 70년대 말, 80년대 초에 자가용을 가진 가정이 부자로 비춰졌던 것처럼, 1970년 전후에는 텔레비전을 보유하고 있는 것만으로도 부자로 인식되었습니다.

그런데 그렇게 귀했던 텔레비전이 70년대 중반에 들어서면서부터 대중화되기 시작한 것입니다.

어느 가정이 텔레비전을 갖고 있다는 사실은 안테나로 쉽게 확인할 수 있었습니다. 지붕 위에 낚싯대 모양의 안테나가 설치되어 있다는 것은 그 집에 곧 텔레비전이 있다는 것을 알려주는 증표였기 때문입니다.

따라서 안테나란 곧 텔레비전 설치와 같은 의미였고, 그것은 곧 텔레비전 정도는 살 수 있다는 능력의 암시였습니다. 하지만 텔레비전이 대중화되었다고 해서 농촌의 모든 가정마다 그것이 일시에 다 보급된 것은 아니었습니다. 이 또한 경제 수준에 따라 그 시차를 달리하면서 보급되었기 때문입니다. 그러니 아이들 사이에서는 텔레비전의 보유 여부가 크나큰 관심사가 될 수밖에 없었습니다.

학교에 등교하면 화제의 중심은 언제나 텔레비전 안테나였습니다.

"어제 ○○의 집에 안테나가 설치됐어."

"야! 걔는 좋겠다."

"〈웃으면 복이 와요〉나 〈수사반장〉 등을 마음껏 볼 수 있겠네."

"그뿐이야! 이제 남의 집 앞에 가서 구걸하듯 김일의 레슬링 경기를 보여달라고 조르지 않아도 되겠네."

텔레비전이 보급되면서 농촌 생활은 예전의 모습을 잃어가고 있었습니다. 제일 큰 변화는 공동체가 무너졌다는 사실입니다. 특히 저녁 이후의 삶이 그러했습니다.

텔레비전이 보급되기 전, 저녁 이후의 생활은 뻔한 것이면서도 꽤나 의미 있는 것이었습니다. 이 시간은 공동체를 유지하기 위한 담론의 장이나 친목 모임이 이루어질 수 있는 좋은 토양을 제공해주었기 때문입니다.

저녁을 먹은 후 농촌에서 할 수 있는 일에는 마땅한 것이 없었습니다. 전기도 드문드문 들어왔거니와 책을 읽을 수 있는 기반 역시 마련되지 않은 까닭입니다. 소위 도시적 여가 문화란 것이 딱히 존재하지 않은 것이 농촌의 현실이었습니다.

형편이 이렇다 보니, 아이들은 또래 집단을 이루어 밤늦게까지 어울려 놀았습니다. '숨바꼭질'이나, '기마싸움', 혹은 '말뚝박기' 등등의 놀이를 한 것입니다.

아이들과 마찬가지로 어른들에게는 '마실' 문화가 있었습니다. 이웃집 사랑방에 모여 사소한 일상사에서부터 농사일에 이르기까지 많은 대화의 장이 마련되었습니다. 마치 한 마을이 하나의 유기체처럼 움직이고 있었던 것입니다.

하지만 텔레비전이 보급되면서 상황은 달라지게 되었습니다. 우선 저녁 이후 밖에 나갈 일이 없어졌습니다. 그것은 아이들이나 어른들에게나 모두 마찬가지의 경우였습니다. 저녁 이후의 시간은 텔레비전 앞에 모이는 것이 당연한 순서처럼 되어버린 것입니다.

이런 현상은 텔레비전 보급이 많아지면서 점점 심화되었습니다. 이제 거의 모든 가정이 텔레비전을 갖게 됨에 따라 놀이 문화

159

나 마실 문화는 대부분 없어지게 되었습니다. 도회의 개인주의적 삶이 농촌에서도 그대로 재현되고 있었던 것입니다.

아이들이나 어른들의 관심 사항은 농촌 밖의 외연으로 넓게 뻗어나가기 시작했습니다. 어른들은 사회와 정치와 같은 문제들로 관심 주제가 넓어지기 시작했고, 아이들의 관심 또한 마을공동체 밖을 넘어서고 있었습니다. 그들은 또래 문화가 아니라 텔레비전 드라마의 내용과 그 주인공이 입었던 옷이나 소품 등등에 관심을 기울이기 시작한 것입니다.

텔레비전은 농촌 공동체에 이렇듯 커다란 변화를 가져왔습니다. 그것은 농촌 생활의 패러다임을 완벽하게 바꾸어놓은 것입니다. 하나의 톱니바퀴처럼 움직이던 공동체적인 삶은 과거 속으로 흘러갔고, 그 흔적은 이제 추억 속에서만 찾을 수 있게 되었습니다. 과거와 지금을 구획 지었던 가장 중요한 매개가 텔레비전이었던 것입니다.

원닝이

우리 마을에는 '원닝이'라는 거지가 있
었습니다. 그가 언제부터 이 마을에 나타났는지는 정확히 알 수
없었습니만, 어떻든 그는 거지라는 신분으로 우리 마을의 한 일
원이었습니다.

원닝이는 평소에는 보이지 않다가 점심이나 저녁 먹을 때쯤에
꼭 나타나서 밥을 달라고 했습니다. 정확히 말하자면, '밥'이라고
한 적은 없고 언제나 '하이 줌'이라고 했습니다. '하이'가 영어의
'Hi'에서 온 것인지, 혹은 누구를 부를 때 쓰는 것에서 온 것인지
는 모르지만 그는 이 말을 가장 먼저 했습니다. 그리고 '하이 줌'
에서 '줌'이라는 단어도 '줘라'를 축약해서 만든 단어인지 알 수
없었습니만, 어떻든 그가 밥을 달라고 할 때는

"하이 줌."

"하이 줌."

하는 것이었습니다.

그의 행색은 꼭 거지 그대로의 모습이었습니다. 온갖 헝겊을 모아서 만든 옷을 입는 것도 모자라 그 위에 또 여러 종류의 헝겊을 둘러 걸치고 있었습니다. 이 옷가지들은 그의 손에 들어간 이후로 한 번도 세탁을 하지 않아서 그런지 그가 걸어갈 때마다 좋지 않은 냄새들이 났습니다.

그는 그런 행색에다가 커다란 지팡이 하나와 밥 얻어 먹을 그릇 하나를 들고 다녔습니다. 옷이 너무 많아서 지팡이를 가지고 다닌 걸까요. 그는 밥을 받으러 엎드려 있다가 일어설 때는 이 지팡이를 짚고 일어섰습니다.

그가 마을에 나타나면, 아이들은 신이 났습니다. 마땅한 놀잇감이 없었던 터라 애들은 그를 놀려주는 인형 정도로 생각했기 때문입니다. 마치 방역 소독차가 연기를 뿜고 다니면 아이들이 연기를 마시며 따라다니는 것과 비슷한 형국이었습니다.

원닝이는 마을에 오는 것이 괴로웠을 것입니다. 그가 나타나면 애들은 그에게 돌을 마구마구 던졌습니다. 지금 생각하면 아찔한 상황이었는데, 그때는 왜들 그런 못된 행동들을 했을까요. 하지만 원닝이는 화를 내지 않았습니다. 돌아서서는 아이들을 쫓아내는 정도에서 그치고 이내 사라졌습니다.

어느 날은 우리 집에 왔습니다. 마침 저녁을 먹으려던 참이었습니다.

"하이 줌."

늘 하던 말을 했습니다. 하지만 엄마는 잠시 머뭇거렸습니다. 그 머뭇거림은 두 가지 이유 때문이었습니다. 하나는 밥이 아닌 수제비여서 그러했습니다. 곡식이 넉넉하지 못했던 탓에 우리 집의 저녁은 주로 수제비를 먹었는데, 이를 전달해줄 방법이 마땅치 않았던 것이지요. 다른 하나는 부족한 양 때문입니다. 사실 우리 식구들이 먹기에도 부족했기에 원닝이까지 줄 양이 없었던 것이지요. 하지만 엄마는 외면하지 못했습니다.

엄마는 좀 머뭇거리다가 수제비를 국자로 떠보이며,

"이것도 괜찮을까?"

하고 물었습니다.

이러한 질문에는 그 나름의 이유가 있었습니다. 원닝이는 늘 손으로 밥을 먹었습니다. 그러니 국물이 있는 것을 먹을 수 있을까 하는 걱정에서 물어본 것입니다.

원닝이는 괜찮다는 듯 고개를 끄덕였습니다.

원닝이는 수제비 한 국자를 받아들고 갔습니다.

그가 간 뒤에 나는 이내 궁금한 것이 있었습니다.

"원닝이는 말을 못 해? 저 사람이 말하는 거 한번도 듣지 못했어, 그냥 '하이 줌'이 다야."

나는 엄마와 식구들을 위아래로 쳐다보며 연신 물어봤습니다.

이 궁금증을 풀어준 것은 큰형이었습니다.

"원래는 말도 잘하고 무척 똑똑한 사람이었다고 그래. 그런데 어떤 일을 겪은 이후로는 말도 안 하고 일도 안 하고 그래서 거지가 되었다는 거야."

"어떤 일?"

"누구 말로는 큰 실연을 당한 뒤에 저렇게 되었다고 그러기도 하고, 또 누구 말로는 부모에게 버림받아서 거지가 되었다고 그러기도 하고. 하지만 그에 대해서 자세히 알고 있는 사람은 아무도 없어. 다만 그는 현재 거지라는 사실이 전부야."

하긴 원닝이는 기골이 장대했습니다. 또한 세수를 못해 검었지만 자세히 보면, 얼굴에는 제법 잘생긴 태가 숨겨져 있었습니다. 이로 미뤄 짐작건대 그도 한때는 괜찮은 존재였음은 분명해 보였습니다.

그런 원닝이의 모습과 사연은 한동안 나의 관심에서 사라졌습니다. 공부하느라 서울에 가서 그를 볼 수 없었기 때문입니다.

그렇게 몇 년이 흘러갔습니다. 나는 방학을 맞아 시골 집에 쉬러 왔습니다. 마침 저녁 먹을 시간이 되었고, 갑자기 원닝이 생각이 났습니다.

"참! 형, 원닝이가 안 보이네. 원닝이는 어떻게 되었어?"

"이번 겨울에 토굴 속에서 자다가 얼어 죽었대! 그래서 마을 사람들이 시신을 수습해서 공동묘지에 묻어주었다는구나!"

"그 두터웠던 옷가지들도 이번 추위를 이기지 못했나 보구나." 하고 나는 중얼거렸습니다.

그가 죽었다는 말에 잠시 멍해졌습니다. 어린 시절 그가 나타났을 때, 왜 그를 향해 돌을 던지며 웃었던 것일까. 그때의 행동이 많이 후회스러웠습니다. 그러고는 미안한 마음에 한 가지 소망을 기원하는 것으로 그에게 사죄했습니다.

'다음에는 제발 말을 할 수 있는 사람으로 다시 태어나길…….'
하고 말입니다.

돼지 잡는 날

돼지를 잡는 날입니다. 언제나 그러하듯 개를 잡거나 돼지를 잡는 날은 마을의 잔칫날이 됩니다. 개와 달리 돼지를 잡는 것은 대개 명절을 앞두고 행해졌습니다. 아무래도 명절 음식에 고기가 많이 쓰여서일 것입니다. 하지만 오늘은 명절을 앞둔 날이 아닙니다. 그래서 왜 돼지를 잡는지 알 수 없었습니다. 고기가 먹고 싶어서였던 것일까요.

명절에 사용되는 것과 평소에 먹는 돼지는 크기가 좀 달랐습니다. 명절을 앞두고 잡는 돼지는 대부분의 가정에서 필요하기에 덩치가 제법 컸습니다. 명절이 아니기에 오늘 잡는 돼지는 덩치가 비교적 작았습니다. 몇몇 가정만 참여했기 때문입니다.

참여한다는 것은 다른 뜻이 있는 것이 아닙니다. 몇 사람이 모여서 뜻을 모으고, 이내 적당한 물건을 고르게 됩니다. 그런 다음 주인에게 대강의 가격을 흥정하게 됩니다. 이후 참여한 사람들이 돼지를 살 수 있는 돈을 모으고, 주인에게 돈을 건네면 절차는 끝이 납니다.

이렇게 사는 고기가 시장보다 훨씬 저렴했습니다. 뿐만 아니라 돼지를 직접 잡게 되면 고기 이외의 다양한 부산물을 얻을 수 있어서 좋다고 했습니다. 참여한 사람은 자신이 투자한 만큼의 고기를 계산해서 가져가면 그만입니다.

주인으로부터 사 온 돼지가 네 발이 묶인 채 나왔습니다. 우리가 놀던 작은 동산 앞입니다. 나는 묶여 있는 돼지가 왠지 불쌍해 보였습니다. 우리 집은 참여하지 않았기에 구경꾼에 불과했고, 돼지머리 정도 삶아서 한 입 주면 그저 고맙게 얻어먹을 처지였습니다.

마을에서는 돼지 잡는 사람이 항상 정해져 있었습니다. 아랫집에 사는 아저씨가 이 일을 도맡아 했는데, 오늘도 이 아저씨가 나섰습니다. 그의 손에는 이미 커다란 도끼가 쥐여져 있었습니다.

그 아저씨는 이 동네 저 동네 돼지를 잡아주고 다녔습니다. 그렇게 수고를 하고 나면 그 대가로 고기 한두 근 정도를 수수료로 받았다고 합니다.

그는 동네 입장에서 보면, 좋은 일을 하고 다니는 사람임에는 분명하지만 그에 대한 평가는 그리 호의적이지 못했습니다. 그 아저씨에 대해서 이런저런 말들이 오가는 것을 들었는데, 어떤 사람은 그를 두고 백정이라고 했고, 또 어떤 사람은 그를 도살꾼이라고 불렀습니다. 하지만 그를 이렇게 한정해서 부르기에는 좀 무리가 있어 보였습니다. 왜냐하면, 그는 늘 돼지만 잡은 것이 아니라 농사도 짓고 있었기 때문입니다. 그는 말하자면 근대 이전의 전문적인 백정은 아니었던 것입니다.

"백정의 자식들은 앞으로 일들이 좀 안 풀린다는데……."

"무슨 이유가 있나?"

"짐승의 원한이 사무쳐 그런 거겠지."

이런 말들이 오갔습니다.

나는 어른들의 그러한 이야기를 귀동냥으로 들어왔지만, 그것이 어떤 인과관계가 있는 것인지 알 수는 없었습니다. 어떻든 짐승을 직접 죽인다는 것은 무서운 일로 생각되었습니다.

그러는 한편으로

'저런 사람이 없으면, 고기는 어떻게 먹나.'

'다들 후환이 있다고 하면, 누가 돼지를 잡으려고 하나.'

하는 생각 또한 간간이 떠오르기도 했습니다.

돼지 잡는 일이 곧 시작될 거 같았습니다. 나는 차마 보지 못해서 그 장소를 급히 피했습니다. 몇 걸음 앞으로 가니 이윽고 돼지 비명 소리가 크게 들렸습니다. 그 소리가 한두 차례 들리고 나더니 이내 잠잠해졌습니다.

'죽었나 보구나!'

궁금한 터라 얼른 다시 그 자리로 돌아왔습니다. 돼지는 축 늘어져 있었습니다. 몇몇 사람은 돼지 피를 담아서 순대를 만들어야 한다고 부산대고 있었습니다. 이 또한 보기 좋은 광경이 아니었기에 다시 그 자리를 떴습니다.

 이날 '돼지잡이'에 참여한 가정에서는 고기를 맛있게 먹었습
니다. 참여하지 못한 우리네는 당연히 그 현장에서 소외되었습니
다. 하지만 고기를 먹지 못해서 언짢은 것이 아니라 눈앞에서 이
런 일이 벌어진 것이 못내 찜찜한 하루였습니다.

노 의사

우리 동네에는 '노 의사'라는 분이 있었습니다. 여기서 '노'라는 것은 나이가 들었기에 붙여진 명칭이 아니고 그 사람의 성이 '노' 씨였기 때문입니다.

60~70년대에 우리 마을 사람들은 몸이 좋지 않으면 대부분 쉬는 것으로 그 치유를 대신했습니다. 아픈 것을 참으며 자연적으로 나을 때까지 기다린 것입니다. 정말 큰 병이 아니라면 이런 식의 치유도 괜찮은 방법이었다고 생각합니다.

하지만 자연 치유가 어려운 경우에는 약국에서 약을 사다 먹었습니다. 아랫마을에 약국 하나가 있어서 마을 사람들은 이를 이용한 것입니다. 이 약국이 허름하긴 했지만 마을 사람들에게는 정말 하나밖에 없는 소중한 곳이었습니다. 만약 이조차 없었다면, 논산 시내로 나가서 약을 사거나 병원에 가야만 했기 때문입니다.

　병원에 간다는 것은 무엇보다 큰 결단이 필요한 일이었습니다. 아주 큰 병이 아니라면 쉽게 갈 수 있는 곳이 아니었는데, 그 이유는 의료비가 너무 비쌌기 때문입니다. 그러니 약이라도 사 먹을 수 있는 약국이 있다는 것은 다행스러운 일이었다고 하겠습니다.

　그런데 언제부터인가 마을에는 의사 한 분이 생겨났습니다. 그분이 온 뒤로부터 마을에는 아픈 사람들이 많은 혜택을 받았습니다, 큰돈을 들이지 않고도 의료 서비스를 받을 수 있었기 때문입니다.

　그의 치료 방식은 환자가 그 집에 가거나 아니면 왕진하는 형식이었습니다. 그의 집으로 가는 경우도 있었지만, 대개는 그가 환자 집으로 찾아왔습니다.

　한번은 어머니가 무척 아팠습니다. 약을 먹어도 잘 듣지 않았을 뿐만 아니라 병세는 날로 악화되고 있었습니다.

　"가서 노 의사를 모시고 와야겠다."
아버지께서 말씀하셨습니다.

　형은 아랫마을로 냉큼 달려가서 노 의사를 모시고 왔습니다. 환자가 급하다고 하니 얼른 달려온 것입니다. 노 의사는 어머니의 몸 여기저기에 청진기를 대보고는,

　"조금만 늦었어도 큰일 날 뻔했습니다. 주사를 맞고, 약을 먹어야겠습니다."
하면서 커다란 주사기를 꺼내고는 이내 주사를 놓았습니다.

노 의사

그런 다음 노 의사는 약을 처방해주었습니다.

"약을 드시면서 좀 쉬면 괜찮아질 겁니다."

노 의사가 간 뒤 얼마간의 시간이 지나갔고 엄마의 열은 서서히 내려가기 시작했습니다. 상태가 좋아진 것입니다.

사실 노 의사는 정식 의사가 아니었습니다. 어떤 경로를 거쳐서 그가 의사라는 직분을 갖게 되었는지 알 수 없었지만, 어떻든 그는 정식 의사가 아니라고 했습니다. 다만 이 지역에 오기 전에 어떤 병원에서 근무한 적이 있었고, 거기서 어깨 너머로 의술을 배웠고, 이를 바탕으로 의사 노릇을 하고 있다는 것이었습니다.

하지만 그가 정식 의사이든 그렇지 않든 그것이 중요한 문제는 아니었습니다. 중요한 것은 그가 마을에서 사람의 병을 잘 낫게 해주었을 뿐만 아니라 치료 비용이 매우 저렴했다는 점입니다. 뿐만 아니라 그는 단 한 번도 의료 사고를 일으키지 않았습니다.

그런 그의 의술이 마을 사람들에게 신뢰를 주었습니다. 그는 누가 아프다고 연락이 오기만 하면, 밤낮을 가리지 않고 달려갔습니다. 그런 다음 환자에게 알맞은 치료를 했고, 그의 진료를 받은 사람들은 대부분 좋아졌던 것입니다.

그러니 마을 사람들이 그를 절대적으로 믿고 의지했습니다. 그가 무엇보다 중요한 존재였던 것은 저렴하게 의료 혜택을 받을 수 있기 때문이었습니다. 당시에는 병원 문턱이 무척 높았기에 웬만해서는 병원에 갈 수가 없었습니다. 정말 심각한 경우가 아니라면 병원을 이용할 수 없었던 것입니다.

형편이 그러했기에 이런 양질의 의료 서비스를 받는다는 것은 동네 사람들에게는 큰 행운이었습니다. 그래서 마을 사람들은 그가 정식 의사인가 아닌가 하는 문제에 대해 굳이 관심을 갖지 않았습니다. 거의 무료에 가까운, 실비로 치료를 해주는 그가 단지 고마웠을 따름입니다.

그러니 그가 가짜 의사니 돌팔이 의사니 사이비 의사니 하는 말을 할 필요가 없었던 것입니다. 그는 천사가 우리 마을에 보내준 선물이었습니다. 척박한 의료 현실에 그마저 없었다면, 마을의 병자들은 갈 곳이 없었습니다. 따라서 그의 존재만으로도 우리 마을은 크나큰 혜택을 받고 있었던 셈이었습니다.

가난을 나누어 먹는 날

음력 1월 15일은 정월 대보름날입니다. 이날은 모든 지역이 그러하듯 우리 마을만의 세시풍속이 있었습니다. 하지만 기억에 남는 풍속은 대보름 전날의 쥐불놀이와 당일의 음식 나누기 정도입니다.

보름날에는 여러 가지 나물과 오곡밥, 귀밝이술 등 다양한 음식이 마련됩니다. 사실 우리나라 산천 곳곳에 많은 나물이 자라고 있기 때문에 나물은 어느 지역이나 풍부한 편이었습니다. 그렇기에 나물을 먹는 것은 가난하고는 아무 상관이 없었습니다. 조금만 부지런하면, 이런 나물들은 얼마든지 구해서 먹을 수 있었기 때문입니다.

보름날은 이런 음식을 만들어 먹는 것도 의미 있는 일이었지만 무엇보다 음식을 나누어 먹을 수 있다는 점이 좋았습니다. 미국에도 이와 비슷한 풍속이 있었던 것으로 기억됩니다. 할로윈데

이가 바로 그러합니다.(물론 이를 안 것은 먼 훗날의 일입니다.) 할로윈 데이는 두 가지 면에서 그 고유성이 있었는데, 하나는 괴기스러운 복장이었고, 다른 하나는 호박 문양의 바구니를 든 아이들이 과자를 얻으러 다니는 모습이었습니다.

하지만 보름날의 음식 나누기는 할로윈과는 여러 모로 달랐습니다. 특히 과자와 같은 기호품을 나누는 것이 아니라 생활 주식이라 할 수 있는 음식을 나눈다는 점에서 차이가 있었습니다.

아이들이나 어른들은 커다란 그릇을 들고 마을 집집마다 돌아다니면서 그 집에서 만든 독특한 음식을 받았습니다. 가정마다 음식 문화의 특성이 있었기에 다양한 종류의 음식을 맛볼 수 있는 기회가 된 것이지요. 가령, 고사리로 요리를 해도 각각의 가정마다 조리하는 방식이 달랐기에 그 맛은 제각각이었습니다.

음식뿐만 아니라 오곡밥 또한 그러했습니다. 다섯 가지 종류의 잡곡으로 만든 밥이라 해서 오곡밥으로 불린 것인데, 이 역시 각 가정 마다 음식 문화와 손맛이 다른 까닭에 여러 독특한 맛을 내고 있었습니다.

보름날의 음식 나누기는 이렇게 다양한 음식을 맛볼 수 있는 기회를 제공해주었습니다. 그런데 우리가 이날을 정말 좋아하는 이유는 따로 있었습니다. 그것은 음식을 마음껏 배불리 먹을 수 있다는 사실 때문입니다.

하루하루 끼니 걱정을 하면서 사는 것이 이 시절 우리 동네의 일반적 모습이었습니다. 그리하여 배불리 먹으며 사는 가정은 드물었거니와 쌀밥은 고사하고 그 흔한 보리밥조차 넉넉히 먹을 수 있는 형편이 못되었습니다.

하지만 보름날만은 달랐습니다. 밥을 얻으러 왔다고 하면, 집집마다 한 주걱씩 밥을 퍼 주었습니다. 몇 집만 돌아도 큰 그릇이 가득 찰 정도로 밥이 넘쳐났습니다.

여러 집에서 얻은 밥이니만큼 밥 색깔은 참으로 다양했는데, 찰밥과 오곡밥도 있었고, 쌀밥 혹은 보리밥도 있었습니다. 이들이 빚어내는 여러 색깔의 빛들은 그 다양성만큼이나 우리를 여러 면에서 풍성하게 만들었습니다.

물론 밥만 준 것이 아닙니다. 나물을 주는 가정도 있었습니다. 그 얻어온 밥과 나물을 한군데 넣고 커다란 주걱으로 비비기만 하면, 자연스럽게 맛있는 비빔밥이 되었습니다. 나물을 조리하며 넣은 참기름이 있기에 따로 기름을 넣지 않아도 되었고, 음식마다 소금으로 적절하게 간을 했기에 싱겁지도 않았습니다. 정말 맛있게 마음껏 먹을 수 있는, 보름날의 밥이었습니다.

우리 민족을 대표하는 명절로 많은 사람들은 설날과 추석을 추천하는 데 주저하지 않습니다. 새로운 해를 맞이해서 어른들에게 세배하고 안부를 묻는 설날의 의미를 부정하고 싶지는 않습니다. 뿐만 아니라 풍성한 곡식과 과일로 조상들의 음덕을 기리는 추석 또한 마찬가지로 소중한 명절입니다. 하지만 이는 어디까지나 가족 관계에서 그러할 뿐 공동체와는 거리가 있는 명절이라는 것이 나의 생각이었습니다. 적어도 보름날의 세시 풍속과 대비해서 그렇다는 말입니다.

보름날 풍속의 핵심은 바로 음식 나누기입니다. 그래서 그것은 적어도 설날이나 추석보다 훨씬 중요한 의미를 갖는다고 해도 과언이 아닐 것입니다. 이 풍속은 가족을 넘어서 공동체의 의미를 일깨우는 좋은 계기였습니다. 이웃을 생각하고 자신이 만든 소중한 음식을 나눌 수 있다는 사실만으로도 공동체가 무엇인지를 느낄 수 있게 해주기 때문입니다.

뿐만 아니라 보름날의 음식 나누기는 비록 한시적이나마 우리 모두에게 배고픔의 순간을 잊게 했다는 데에서 그 의미를 찾을 수 있습니다. 늘상 굶주리고 살아왔어도 이날만큼은 배불리 먹을 수 있었습니다.

보름날의 음식 나누기는 일상화된 배고픔의 고통을 잠시나마 잊게 해주었습니다. 이웃들이 정성껏 담아주는 음식과 밥에 이웃에 대한 사랑이 녹아 있었던 것입니다. 이를 통해서 우리는 따뜻한 이웃이 있음을 알 수 있었습니다. 그것이 보름날의 음식 나누기였습니다.

화려한 불꽃

음력 정월 보름이 다가왔습니다. 이때가 되면 늘 해왔던 '쥐불놀이'라는 풍속이 있습니다. 농촌에서의 불놀이는 사실상 엄격히 금지되어 있었는데, 집뿐만 아니라 산, 혹은 논두렁 등 모든 것이 화재에 취약했기 때문입니다.

그럼에도 정월 보름 전날만큼은 불놀이가 특별히 허락되었습니다. 이때 불놀이를 하는 목적은 두 가지였습니다. 하나는 병충해의 방제입니다. 대개 보름 전후는 날씨가 따뜻해지는 까닭에 겨우내 숨어 있던 벌레들이 나오는 시기와 맞물립니다. 따라서 이때만큼 벌레를 잡을 좋은 시기도 없다는 것입니다. 다른 하나는 불의 효용성이랄까 기능성입니다. 자연에서 나오는 불의 열기는 건강에 좋다는 속설이 있었습니다. 그 불을 쬐고 있으면 웬만큼의 질병들은 막을 수 있었다고 합니다.

저녁을 일찍 먹고 논두렁으로 나갔습니다. 벌써 많은 아이들이 나와서 불놀이 준비를 하고 있었습니다. 나도 논두렁 한 켠 자리를 차지하고 앉았습니다. 큰 나무를 두 줄로 꽂은 다음, 그 위에 잔가지들을 올려놓았습니다. 밑에는 종이나 잔디 마른 것을 꽉 채워 넣었습니다. 잘 타는 것들을 맨 밑에 넣어야 불이 잘 붙습니다.

이윽고 성냥불을 그었습니다. 종이와 잔디에서 불길이 일었습니다. 그러더니 나무에도 옮겨붙으면서 활활 타오르는 것이었습니다. 제법 따듯했습니다.

이렇게 논두렁에서 불놀이를 하면 시간이 금방 갑니다. 어느덧 주변이 금방 어두워졌습니다. 밤이 깊어진 것이지요. 어두운 밤이 되면, 새로운 불놀이가 기다리고 있었습니다. 바로 깡통 돌리기입니다.

깡통 돌리기를 하기 위해서는 몇 가지 준비 단계가 필요합니다. 우선 깡통이 있어야 합니다. 통조림을 먹고 난 빈 통이 주로 사용되었는데, 농촌에서 이런 깡통을 구하기는 쉽지 않았습니다. 이런 종류의 음식을 먹는 집이 드물었기 때문입니다. 그래서 며칠 전부터 논산 시내나 강경 등등을 오갈 때 구해놔야 합니다.

깡통이 준비되면, 이제 불을 피우기 위한 준비가 필요합니다. 우선 깡통에 세로 방향으로 길게 칼집을 여러 군데 냅니다. 그런 다음 깡통 입구 양쪽에 조그만 구멍을 두 개 뚫어서 철삿줄로 연결하면 준비는 끝납니다.

'쥐불놀이'를 할 때, 장작이 타면서 생긴 숯불이 깡통 놀이에

유효하게 사용됩니다. 깡통의 한쪽에 숯불을 넣고, 나머지 반쪽에는 타지 않은 나무를 채워 넣는 것입니다. 그런 다음 깡통을 돌리게 되면 불이 잘 타오르게 됩니다.

이때 주의할 것이 있는데, 주변에 사람이 없어야 하고, 불에 탈 물건 또한 없어야 합니다. 깡통이 돌아가면서 떨어지는 불꽃으로 화상을 입을 수도 있고, 화재나 일어날 수도 있기 때문입니다.

깡통이 돌아가는 밤하늘은 화려하기 그지없습니다. 멀리서 보면, 불빛이 큰 원을 그리며 잘도 돌아갑니다. 우리만의 불꽃놀이라고 해도 무방할 정도로 화려하고 아름다웠습니다.

밤이 더욱 깊어갔습니다. 이제는 불놀이를 끝내고 돌아가야 할 시간입니다. 하지만 마치는 순간에도 화재에 대한 주의를 게을리해서는 안 됩니다. 불붙은 깡통의 불을 완전히 제거해야 하는 일이 남아 있는 것입니다.

깡통의 잔불을 없애는 방법은 두 가지가 있습니다. 하나는 깡통을 돌리다가 하늘 높이 던지는 경우입니다. 깡통을 돌리다 높이 던지면 되는 것인데, 그러면 거기서 쏟아지는 불꽃은 주변을 화려하게 수놓게 됩니다. 이때가 깡통 돌리기를 하는 데 있어서의 절정의 순간입니다. 공중에서 산산이 흩어지면서 불이 서서히 꺼지게 되는 것입니다. 하지만 깡통을 던질 때에도 잔디라든가 짚이 있는지 주의를 기울여야 합니다. 화재의 위험 때문에 그러합니다. 다른 하나는 돌리던 깡통의 불을 한데 모아놓고, 소변으로 끄는 방식입니다. 사실 이 방법이 가장 안전하긴 한데, 그것은 불을 완전히 끌 수 있기 때문입니다.

　오늘의 깡통 불은 이 방식으로 끄는 것으로 의견을 모았습니다. 모두들 빙 둘러서서 바지를 내렸습니다. 그런 다음 소변을 마구 쏟아냅니다. 불이 '지지직!' 소리를 내면서 하얀 연기를 내며 꺼지기 시작했습니다. 화려했던 불꽃이 정말로 없어진 것인가를 확인한 후, 우리들만의 의식을 마치고 아쉬운 발걸음을 옮겼습니다. 이것으로 올해 정월 대보름의 쥐불놀이는 끝이 났습니다.

제4부

빵 속의 꿈

꽁보리밥을 숨기던 날

지금은 도시락으로 그 명칭이 통일되어 있지만 예전에는 도시락을 변또라고 불렀습니다. 보다 정확한 말은 벤또였는데, 우리는 사투리 비슷하게 변또라고 부른 것이지요. 그러나 이때까지만 해도 왜 이런 명칭으로 불렸는지는 알 수 없었습니다. 나중에 안 것이지만 그 명칭은 일제 잔재였습니다.

이런 형태의 유산들은 70년대 초반까지만 해도 우리의 삶 도처에 남아 있었습니다. 가령, 쓰봉(바지), 우와기(남성 겉옷), 쑤리미(오징어) 등등의 언어들이 그러합니다. 물론 어느 시기부터 우리말 순화운동이 벌어지면서 이 잘못된 언어 유산들은 서서히 사라졌습니다. 어떻든 이 시기에 도시락은 변또라고 불렸습니다.

국민학교 시절은 1학년 때 말고는 대부분 오후까지 수업이 진행되었습니다. 그래서 학교에서 먼 거리에 살고 있던 친구들은 변또를 싸 왔고, 학교가 가까운 친구들은 집에 가서 점심을 먹었습니다. 그런 다음 학교에 다시 와야 하는데, 이럴 경우 하루에 두 번 등교하게 되는 것입니다.

나는 학교가 가까웠던 까닭에 점심은 늘 집에 가서 먹고 왔습니다. 하지만 언제부터인가 변또를 싸 오는 친구들이 부러웠습니다. 특히 겨울철 난로 위에 변또를 데우는 일과, 거기서 나오는 밥 익는 냄새들은 고픈 배를 자극하기에 충분한 것이었습니다. 나는 그런 밥이 먹고도 싶었고, 또 다른 한편으로는 변또를 난로 위에 올려놓는 일이 마치 장난처럼 느껴져서, 그런 장난을 나 역시 해보고 싶은 마음이 있기도 했습니다.

그래서 하루는 엄마한테 변또를 싸달라고 졸랐습니다. 나도 난로 위에 올려놓고, 또 친구들과 더불어 그것을 먹고 싶었기 때문입니다. 사실 변또를 싸서 학교에 가는 일은 그리 어려운 일이 아니었습니다. 엄마 역시 그렇게 말했지요. 하지만 이를 위해서는 두 가지 문제점이 해결되어야 했습니다. 하나는 반찬이었고, 다른 하나는 밥이었습니다.

이 시기 집에서 먹는 반찬이래야 김치가 전부였습니다. 따라서 변또 반찬은 김치 이외의 것을 생각할 수 없었습니다. 다른 애들은 달걀 후라이를 비롯해서 콩나물무침 등등을 싸 가지고 오는데, 집에서 김치만 먹는 나로서는 김치 말고는 아무것도 기대할 수가 없었던 것입니다.

가장 흔했던 김치를 반찬으로 가져온다는 것은 곧 "너희 집,

무척 가난하구나!"라는 것을 말해주는 증표였습니다. 이런 사실이 알려지는 것은 좋은 일이 아니었습니다.

그리고 다른 하나는 보리밥이었습니다. 보리밥 역시 곧 가난의 상징이었습니다. 자기 집이 못산다는 것을 드러내지 않기 위해서는 보리밥이라는 존재는 가급적 숨겨야 했습니다. 학교에서 점심을 먹고 싶긴 했지만, 이렇듯 밥과 반찬의 문제가 발목을 잡고 있었습니다.

하지만 변또를 싸가고 싶은 생각에 이런 문제들은 쉽게 넘겨질 수 없었습니다. 반찬은 김치면 충분하다고 말씀드렸고, 밥은 보리밥 위에 쌀밥으로 살짝 덮으면 된다고 말씀드렸습니다. 엄마는 썩 내켜 하지는 않으셨지만 이내 동의하셨습니다.

오늘은 책보가 제법 무겁습니다. 이 안에 변또가 있기 때문입니다. 나도 이제 친구들처럼 난로 위에 변또를 올려놓을 수 있고, 또 거기서 나오는 내 변또의 밥 익는 냄새를 맡을 수 있게 된 것입니다.

3교시가 끝났습니다. 선생님은 밥을 따뜻하게 먹을 사람은 변또를 난로 위에 올려놓아도 좋다고 했습니다. 이 말이 떨어지기가 무섭게 여기저기서 책보 여는 소리가 났습니다. 가장 먼저 난로 위에 올려놓아야 제대로 된 보온 밥을 먹을 수 있기 때문입니다. 나도 재빨리 변또를 난로 위에 올려놓았습니다. 두 번째였습니다. 이 위치가 어쩌면 첫 번째보다 더 좋을 수도 있었습니다. 왜냐하면 변또가 난로에 직접 닿으면, 너무 뜨거워서 밥이 탈 수 있기 때문입니다.

　　4교시가 끝나고 드디어 점심시간이 되었습니다. 난로 위에 놓여 있던 변또에서는 김이 제법 모락모락 났습니다. 나는 옷소매를 길게 늘여서 손을 감싼 다음 뜨거운 변또를 집어들었습니다.

　　'아, 집에 가지 않고 여기서 밥을 먹을 수 있다니…….'

　　이 생각만으로도 기분이 무척 좋았습니다.

　　변또를 집어 들고 내 자리로 돌아왔고, 마침내 뚜껑을 열었습니다. 김이 솔솔 나는 밥을 보니 정말 맛있어 보였습니다.

　　"야, 순 쌀밥이네!"

　　옆에 앉은 친구가 말했습니다.

　　"너희 집 잘사는구나!"

　　"어! 그게 아니라……."

　　나는 말문이 막혔습니다.

　　'혹시 밑에 깔린 보리밥이 보이면 어떡하나?'

　　김이 모락모락 나는 밥에서 얻은 흥분은 이내 차갑게 가라앉고 말았습니다.

　　숟가락을 들고 한참을 망설인 끝에 나는 한 가지 꾀를 생각해 냈습니다.

　　'숟가락을 90도 내지는 120도 정도 기울어서 밥을 퍼서 먹으면 되겠군! 그러면 보리밥이 안 보일 거야!'

　　역시 괜찮은 방법이었습니다. 꽁보리밥이 전혀 보이지 않았습니다.

　　오늘은 기분 좋은 날이었습니다. 그렇게 먹고 싶었던 변또를 학교에서 맛있게 먹었기 때문입니다. 거기에다가 쌀밥을 싸 왔다는, 아니 기술적으로 적당히 숨겼다는 기쁨까지 더해져서 더욱 그런 것 같습니다.

새마을운동

1970년대로 접어들었습니다. 새 달력을 보니 1970년이라는 글자가 있었고, 옆에는 '근하신년'이라고 쓰여 있었습니다.

'아, 올해는 근하신년이구나.' 나는 그렇게 이해하고 있었습니다. 해마다 나오는 달력에는 모두 이렇게 쓰여 있는데, 이때의 달력만 내가 자세하게 본 탓인가 봅니다. 새해 달력에는 늘 '근하신년'인데 말입니다.

농촌에서는 도시의 소식을 라디오 방송이나 뉴스 정도로 알고 있을 뿐 그 나머지에 대해서는 전혀 알 수 없을 정도로 정보가 차단되어 있었습니다. 그런데 올해는 새마을운동이 시작된다고 합니다. 라디오에서는 계속 홍보 방송이 나왔습니다.

"새마을운동? 새마을운동이 뭐야?"

동네 분들이 모여서 수군거렸지만, 그것이 정확히 무엇을 의미하는지, 뭘 하는 것인지 알 수가 없었습니다.

하지만 그러한 선언 이후, 이전과는 달라지는 것들이 있었습니다. 우선 마을 방송에서는 이전에는 듣지 못한, 〈새마을 노래〉라는 노래가 나오기 시작했습니다. 이른 새벽에 주로 나오기도 했고, 경우에 따라서는 대낮에도 방송되기도 했습니다.

"새벽종이 울렸네/새아침이 밝았네/너도 나도 일어나/새마을을 가꾸세/살기 좋은 내 마을/우리 힘으로 만드세." 이것이 이때 늘 듣던 새마을운동 노랫말이었습니다.

한 번은 학교에서 돌아오는데, 마을 길에 많은 사람들이 모여 무슨 일을 하고 있었습니다. 가까이 다가가 보니 마을 길을 넓힌다고 동네 아주머니, 아저씨들이 모두 나와서 삽을 들고 일을 하는 것이었습니다. 그러고 보니 정말 마을 길이 좀 넓어진 것도 같았습니다. 전에는 달구지 하나 정도가 겨우 지나갈 정도의 길이었는데, 지금은 달구지 두 대 정도는 교차할 수 있을 정도로 길이 넓어진 것입니다.

이뿐만이 아닙니다. 흙으로 만든 담들도 하나둘씩 사라지기 시작했습니다. 어느 순간부터 콘크리트 담으로 바뀌기 시작했는데, 그것은 이렇게 만들어졌습니다. 양 끝으로 콘크리트 기둥을 세우고, 기둥에 골을 팠습니다. 그 빈 공간에 커다란 널빤지 모양의 콘크리트판을 끼워 넣는 식으로 담을 만들었습니다. 흙담 대신에 들어선 것입니다.

그런데 이 담은 각 가정에서 설치한 것이 아니고 대부분 면사

무소에서 지원해주는 것이라고 했습니다. 흙으로 만든 담이 사라지니 무언가 세련되어 보였습니다.

초가지붕도 마찬가지였습니다. 짚으로 만든 지붕을 걷어내고 슬레이트로 된 덮개로 바꾸어 나가기 시작했습니다. 그렇게 교체하고 보니 깔끔해 보이긴 했습니다. 하지만 집 내부는 달라진 것이 없었습니다.

"이렇게 겉모습만 달라진다고 잘사는 건가?"

동네 어떤 분은 이렇게 말하기도 했습니다.

그리고 우리 마을은 특별히 더 달라진 것이 있었습니다. 우리 마을은 논산에서 부여로 가는 지방도로 근처였습니다. 넓어진 것은 마을 길뿐만 아니었습니다. 차가 다니는 도로도 이전과 달라지기 시작했습니다. 예전에는 버스 한 대가 겨우 지나갈 수 있었던 길이 두 대 정도는 서로 오갈 수 있을 정도로 넓어진 것입니다. 아직 아스팔트로 포장하기 전, 자갈이 깔린 도로이긴 했지만, 어떻든 넓혀놓으니까 전에 비해 무언가 뻥 뚫린 기분이 들었습니다.

이와 더불어 다른 곳과 달리 더 빨리 바뀐 것이 또 하나 있었습니다. 도로 주변의 집들은 특히 무슨 간판을 쓸 수 있을 정도로 전면이 크게 드러나는 형태로 바뀐 것이 그러합니다. 집을 커다란 판으로 가린 것처럼 콘크리트로 만들었습니다. 이렇게 해놓고 보니 겉으로 보기엔 그럴싸한 서양식 집처럼 보였습니다. 초가집이 아닌, 이제는 서양식으로 모두 잘사는 집, 혹은 잘사는 동네처럼 보였던 것입니다.

그런데 우리 마을이 다른 마을에 비해 좀 더 빨리 변한 이유가
있었습니다. 어느 동네 어른이 이렇게 말하는 것을 들었습니다.

"이 도로는 부여로 여행 가는 일본 사람들이 많기 때문에 더욱
신경을 쓰는 거래."

실제로 부여로 여행 가는, 일본인들을 실은 관광버스들을 심
심치 않게 보았습니다. 그러니 이 조그만 지방도로는 일종의 관
광도로였던 거지요.

당시 일본인들과 학생들은 자신들에게 문화를 전해준, 백제를
이해하기 위해 부여로 여행을 많이 오곤 했습니다. 이제 그들에
게 우리의 가난한 모습을 더 이상 보이기 싫다는 것이 이렇게 빨
리 변하게 된 이유라는 것입니다.

"일본?"

"일본 사람들?"

"일본 학생들?"

사실 이들을 떠올린다는 것만으로도 시골에서는 좀 신기했습
니다. 구석진 농촌 마을에 외국인이 온다는 것이 무언가 낯선 일
이었기 때문입니다.

이들 때문에, 낡은 초가집이 더 이상 있어서는 안 된다는 것이
었고, 길 또한 넓어야 한다는 것이었는데, 그들에게 깨끗한 모습
을 보인다는 사실이 그렇게 싫지만은 않은 일이었습니다. 그래서
'새마을운동이 분명 무언가를 하는 것이 있긴 있구나.' 하는 생각
이 들었습니다. 마을 길도 넓어지고, 흙담도 사라지고, 초가지붕
도 없어지고 말입니다.

공판장

　　　　추수가 끝나고 얼마 지나지 않아 마을에서는 공판장이 열렸습니다. 농협 창고가 있었던 마을 입구가 그 무대였습니다. 이때가 되면 어디서들 왔는지 수많은 볏섬들이 달구지 등을 타고 몰려들었습니다.

　국가에서 벼를 공식적으로 수매하는 것이 공판장의 일이었습니다. 농사를 짓는 사람들은 이때 벼를 팔아서 현금을 손에 쥘 수가 있었습니다. 그러니 좋은 가격을 받기 위해서 질 좋은 상품을 만들려고 많은 노력을 기울이곤 했습니다.

　가을걷이가 끝나면 지방도로나 마을 길들은 건조시키는 벼들로 가득 찼습니다. 벼의 알곡이 튼실하고 또 잘 건조되어야 좋은 조건으로 정부에 팔 수 있었기 때문입니다. 한 푼이라도 더 받기 위해서는 벼를 잘 건조시키는 일이야말로 꼭 필요한 절차였던 것이었습니다.

수확된 벼들은 대개 1등급, 2등급, 3등급으로 분류되어 수매되었습니다. 하지만 등급 차이가 있더라도 금액으로는 그리 많은 차이가 있었던 것은 아닙니다. 그럼에도 조금이라도 더 받으려는 욕심으로 농민들은 벼의 상품성을 높이기 위해 무척이나 애를 많이 썼습니다.

농사를 짓지 않은 우리 집도 이 행사에는 빠지지 않았습니다. 우리에게도 가을에는 약간의 볏섬이 있었던 까닭이지요.

논이 없었던 우리 집의 벼는 이렇게 생겨났습니다. 아버지는 농기계 기술자였습니다. 여름에는 논에 물을 대는 양수기가 많이 가동되는데 그 수요가 만만치 않았습니다. 그런데 그 양수기들이 가끔 고장이 났습니다. 그러면 사람들은 모두 우리 집으로 몰려왔습니다. 아버지가 기계를 잘 고쳤기 때문입니다.

그리고 가을에는 발동기와 탈곡기의 수리가 많이 들어왔습니다. 발동기는 일종의 동력 장치로, 알곡을 털어내는 탈곡기에 벨트로 연결시키는 기계였습니다. 여름에는 기계를 고친 대가를 돈으로 받았고, 가을에는 그 수수료로 주로 벼를 받았습니다.

양수기와 마찬가지로, 모든 농촌 가정이 추수 장비를 갖추고 있는 것은 아니었습니다. 양수기도 그러하지만, 발동기나 탈곡기 같은 덩치 큰 기계들을 모든 가정이 구비하는 것은 불가능한 일이었습니다. 그래서 그 대안으로 등장한 것이 이른바 기계를 대여하는 것이었습니다. 발동기와 탈곡기를 임대하거나 위탁해서 벼를 터는 것입니다.

아버지가 농기계를 다루었던 관계로 우리 집에는 양수기뿐만 아니라 발동기와 탈곡기도 있었습니다. 그래서 그것이 없는 가정으로부터 예약을 받아 탈곡 등을 해주었습니다. 그 대가로 벼와 같은 곡식을 받을 수 있었습니다.

가을걷이가 끝난 후 벼가 제법 생겨 공판장에 참여할 수 있게 되었습니다. 이제는 보다 좋은 등급을 받기 위한 노동만 남았던 셈이지요. 그래서 햇살이 좋은 날을 골라 멍석에 벼를 깔고 정성스럽게 펼쳐놓았던 것인데, 어린 내가 보아도 정말 탐스러울 정도로 벼가 곱게곱게 말라가고 있었습니다.

공판장이 열리는 날입니다. 여러 마을에서 소달구지나 리어카로 볏섬을 싣고 온 사람들로 마을 입구는 북적거렸습니다. 뿐만 아니라 여기저기 쌓아놓은 볏섬들로 농협 창고 앞은 발 디딜 틈이 없을 정도로 가득 차 있었습니다.

농협 건물과 비교적 가까운 거리에 있었던 우리 집도 리어카에 볏섬을 싣고 공판장에 왔습니다. 나는 뒤에서 그저 손을 대는 정도로 리어카를 밀면서 함께 따라갔습니다.

우리는 농협 건물 한구석에 볏섬을 내리고 판정관이 올 때를 기다렸습니다. 그런데 이곳의 판정관은 우리와는 좀 다른 종류의 사람처럼 보였습니다. 피부색도 하얗거니와 판정을 내리는 주체라는 점에서 어떤 권위랄까 무게감이 느껴졌기 때문입니다. 그는 커다란 대나무 죽창이나 쇠로 된 주걱 비슷한 걸 가지고 가마니를 푹푹 찔러댔습니다. 그런 다음 그 알곡을 손에 올려놓고 몇 번 위아래로 응시했습니다. 그런 다음,

"1등급이요."

"2등급이요."

"3등급이요."

하면서 푸른 낙관을 가마니에 팍팍 찍어댔습니다.

가마니로부터 빼낸 벼들을 커다란 용기에 담아가면서 그는 이 작업을 계속했습니다. 몇 집을 거친 다음 이윽고 우리 차례가 되었습니다. 앞서 행했던 것처럼, 그는 우리 집 볏섬 이곳저곳을 찌르면서 벼를 빼내었습니다. 그러고는 눈으로 쭉 살펴보더니,

"1등급이요."

하면서 가마니에 푸른 낙관을 찍는가 하면,

"이건 2등급이요."

하고 또다시 낙관을 찍는 것이었습니다.

그런데 좀 이상했습니다. 똑같은 벼를 두고 왜 다른 판정이 나오는 것일까요? 무척이나 의아했습니다.

'아니, 똑같은 벼를 동일한 조건에서 말린 것인데 왜 등급 차이가 나는 거지?'

곁에 있던 아버지도 같은 생각이었습니다.

"어째서 이건 2등급입니까?"

"저거보다 이건 좀 덜 말라서……."

"아니, 똑같이 말렸는데?"

판정관은 더 이상 말을 듣지 않고 다른 장소로 훌쩍 가버렸습니다. 아버지는 똑같은 벼가 다르게 판정되는 것에 대해서 무척이나 못마땅해했습니다.

"에이, 저 사람 저거 엉터리 아냐?"

여기저기서 이런저런 소리가 들렸습니다. 하지만 어쩔 도리가 없었습니다. 한두 가구도 아니고 그 많은 사람들의 물품들에 대해서 계속된 이의 제기와, 이를 번복하는 것은 어려워 보였기 때문입니다. 그렇게 하면 공판장의 일은 며칠이 걸릴지 모를 일이었습니다.

모두를 수긍시키는 것은 어려운 일이었지만, 일의 원활한 진행을 위해서는 받아들여야 했습니다. 자신의 생각과 달라도 한번 내려진 판정에 대해서는 대부분 그럭저럭 넘어가거나 동의해야만 했던 것입니다.

아버지는 벼를 판 대가로 돈을 받았습니다. 늘 머리 아파하던 아버지의 얼굴에 웃음기가 모처럼 만에 돌았습니다. 실로 오랜만에 보는 누가 뭐래도 아버지의 1등급 미소였습니다.

서커스 공연

TV가 보급되기 이전에 시골 마을에서 마땅한 놀이 문화를 찾기란 무척 어려운 것이었습니다. 추석이나 설날에 마을 어른들이 하는 농악이나 윷놀이 정도가 있었을 뿐, 딱히 이런 놀이가 있다고 내세울 만한 것이 없었던 것입니다. 그나마 그러한 놀이들조차 어른들만이 할 수 있는 것이 대부분이었습니다.

그러니 시골 생활에서 아이들이 할 수 있는 놀이란 숨바꼭질, 말뚝박기 정도가 전부였습니다. 하지만 그것은 늘 하는 것들이라 심심풀이 이상의 의미를 갖지 못했습니다. 이렇게 따분한 생활을 하다 보니 무언가 재미있는 놀이나 경험을 찾게 되었습니다. 그래서 지금까지와는 다른 새로운 문화가 들어오면 어쩔 수 없이 환호하게 되었습니다. 그런 문화 가운데 하나가 서커스 공연이었습니다.

　서커스는 연기 그 자체도 신기한 것이었지만, 그 무대를 장식하는 사람들의 복장 또한 어린이들에게는 무척 가슴을 설레게 하는 풍경이었습니다. 따라서 서커스 공연이 왔다는 소문만으로도 마을 아이들뿐만 아니라, 심지어 어른들까지도 흥분했습니다.

　오늘은 서커스 공연이 시작된다고 알려진 날입니다. 마을 한편에 커다란 장막이 펼쳐지면서 공연을 위한 공사가 시작된 것입니다. 이를 보는 것만으로도 우리는 신이 났습니다.

　며칠 동안의 공사 끝에 드디어 서커스 공연장이 마련되었고, 이제 공연을 시작하는 일만이 남았습니다. 하굣길에 보니 커다란 장막 안에선 불빛이 나오고 있었고, 입구에는 사람들이 줄을 서서 입장을 기다리고 있었습니다.

　하지만 공연의 시작이 모든 것을 해결해주는 것은 아니었습니다. 거기에 들어가려면 입장료가 있어야 했기 때문입니다. 따라서 제일 궁금한 것이 가격이었습니다. 아무리 신나는 공연이라 하더라도 거기에 입장하지 못하면 아무 소용이 없었습니다. 살짝 다가가 가격을 보았습니다. 좀 비쌌습니다. 내가 모은 용돈으로는 어림없는 수준의 것이었습니다.

　나는 집에 돌아와 어슬렁거리며 안절부절못했습니다. 가끔은 엄마의 눈치를 위아래로 살피기도 하고, 그러는 한편으로 멀리 있는 공연장을 응시하기도 했습니다. 입장료를 달라는 신호였지요.

　하지만 엄마가 돈을 쉽게 주지 않을 거라고는 생각하고 있었습니다. 아니 주지 않는 것이 아니라 못 준다는 사실을 알고 있었습니다. 그런 여가에 쓸 수 있는 돈이 없다는 것을 무엇보다 내 자신이 잘 알고 있었던 것이지요.

나는 두리번거리다가 이내 서커스 공연장으로 갔습니다. 그러고는 입구에 붙어 있는 가격표를 다시 한번 보았습니다. 여전히 내가 감당할 수 있는 금액이 아니었으며, 집에서 주지 않으면 갈 수 없는 금액이었습니다.

한참을 망설이고 있던 차에 옆집에 사는 친구들이 구경하러 왔습니다. 그들은 나를 보더니,

"같이 구경하자."

"그래, 같이 봐."

하는 것이었습니다.

"그래! 알았어."

"이따 안에서 보자."

하고는 얼른 그 자리를 떠났습니다. 멀리서 돌아보니 그들의 모습은 이내 입구 뒤로 사라지는 것이었습니다.

그들을 보자 더욱 보고 싶은 생각이 밀려들었습니다. 하지만 달리 방법이 없어 보였습니다.

몇 번을 망설인 끝에 번쩍 좋은 생각이 떠올랐습니다.

"맞아, 그거야!"

나는 냉큼 집으로 돌아왔습니다. 일 년 동안 꾸준히 모았던 돼지 저금통을 손에 들었습니다. 일 원짜리, 오 원짜리, 십 원짜리 동전이 가득해서 그런지 무게가 제법 나갔습니다.

"그래 이거면 볼 수 있을 거야!"

나는 빨간색 돼지 저금통을 얼른 부수려 했습니다. 그런데 잘 부서지지 않았습니다. 몇 번을 노력한 끝에 해체할 수 있었는데, 동전을 넣는 구멍을 칼로 자르니 쉽게 개봉할 수 있었습니다. 그곳엔 동전이 제법 많이 들어 있었습니다.

'서커스를 볼 수 있게 됐어.'

하고 생각하니 마음이 뿌듯했습니다.

나는 그것을 들고 서커스장으로 달려갔습니다. 동전을 세어서 입장료를 내고 보니 십 원짜리 몇 개가 달랑 남았습니다. 이를 보니까 서커스를 본다는 기쁨도 잠시 사라졌습니다. 오랜 세월 동안 애지중지 모은 동전이 한순간에 사라진다는 사실이 못내 서운했던 것이지요.

하지만 저 안에서 들려오는 박수 소리와, 오색 불빛이 번쩍거리는 것을 보니까 이런 머뭇거림은 한순간이었습니다.

오늘은 그저 신나는 날입니다. 무대 위에 사람들이 펼치는 줄타기와, 배우 입에서 뿜어져 나오는 불길 등등 정말 재미있었습니다.

"언제나 이런 날만 계속되었으면……."

하고 생각하면서 공연장을 나왔습니다.

공책과 연필의 하나님

해마다 여름이면, 여름 성경 학교가 시작되었습니다. 장소는 국민학교 교실이나 운동장 한쪽 구석이었습니다. 학교 측의 배려인지 어떤지는 알 수 없습니다만 여름 성경 학교는 방학이 시작되자마자 이렇게 학교에서 개최되었습니다.

사실 우리는 하나님이 누구인지 예수님이 또 누구인지에 대해서 잘 알지 못했습니다. 또 그것을 알려줄 교회가 있었던 것도 아니었구요.

내가 살던 고향에는 조그마한 교회 하나조차 없었습니다. 인근 마을에는 개척교회인가 하는 것이 생겼다는 이야기를 들었지만 우리 마을에는 없었습니다. 가끔 낯선 여자 전도사님이 마을에 와서

"하나님을 믿으세요"

하고 전도하는 것이 전부였습니다. 그는 집집마다 방문해서 이런 말을 하고 다녔습니다.

하지만 전도사가 온다고 해서 모든 가정이 이를 반기며 받아 준 것은 아니었습니다. 샤머니즘 습속에 젖어 있던 사람들이나 불교를 믿는 가정에서는 전도사의 방문이 쉽게 허락되지 않았기 때문입니다.

엄마는 아주 오래전부터 절에 나갔던 탓에 전도사가 우리 집에 오는 것을 막았습니다. 그 사람이 오면,

"우린 불교 믿어요. 그러니 다른 데 가보세요."

그러면 전도사는,

"예수 믿고 천국 가세요."

하고는 이내 가버렸습니다.

그러시는 엄마도 내가 여름 성경 학교에 가는 것은 반대하지 않았습니다. 그것은 내가 좋아해서도 그렇지만, 여름에 딱히 해야 할 마땅한 다른 놀이 문화가 없었던 탓이기도 했습니다. 굳이 할 수 있는 놀이라고는 냇가에서 멱감는 정도가 전부였습니다. 그러니 여름 성경 학교는 무료한 우리들에게는 그야말로 신나는 일이었습니다.

그러나 내가 여름 성경 학교를 좋아하는 이유는 따로 있었습니다. 바로 공책과 연필을 공짜로 얻을 수 있었기 때문입니다. 결석하지 않고 꾸준히 나오게 되면, 그 수료 기념으로 공책과 연필을 나누어주었습니다.

여름 성경 학교는 약간의 편차는 있지만 대략 4주간 진행되었습니다. 그 시간 동안 성경에 나와 있는 내용을 배우기도 하고, 찬송가도 익혔습니다. 특히 밝고 경쾌한 찬송가를 배우는 것은 정말 신나는 일이었습니다.

열심히 배운 덕택에 이제 한 달이 다 되었습니다.

"그동안 성경 공부와 찬송가 배우느라고 고생 많았습니다. 무엇이 가장 기억에 남아요?"

하는 선생님의 말씀에,

"글쎄요? 뭐더라?"

나는 딱히 무엇이 떠오르지 않았습니다.

"아, 찬송가요! 찬송가 부르는 것은 정말 신나는 일이었어요. 특히, 면류관에 앉아서 밝고도 영화롭게…… 라고 하는 찬송가가 제일 좋았어요."

"오! 그래요. 잘 했어요. 이거 받아요."

선생님은 공책과 연필을 주면서 웃었습니다.

"근데, 선생님! 내년에도 또 오실 거지요?"

"아, 그럼 물론이지!"

"네, 알겠습니다. 고맙습니다"

나는 '여름 성경 학교'라는 커다란 도장이 찍힌 공책과 연필을 들고 집으로 왔습니다.

마냥 즐거운 하루였고, 재미있는 여름 성경 학교였습니다.

빵 속의 꿈

형과 누나가 국민학교에 다닐때에 그 나름의 급식이 있었습니다. 학교 급식이라고 하니까 지금처럼 돈을 내고 먹는 점심이나 저녁 정도를 생각할지 모르겠습니다. 그 것은 급식이라기보다 어쩌면 간식에 가까운 편이었다고 하는 것이 옳을 듯합니다.

나보다 앞서 다녔던 학년들에게는 급식으로 주로 옥수수빵을 주었습니다. 옥수수를 갈아서 만든 빵이었는데, 식감이 무척 꺼칠꺼칠했습니다. 요즘처럼 곱게 갈아서 만든 것이 아니라 아주 성기게 갈아서 만들었기 때문입니다.

주식인 쌀과 보리도 먹기 어려웠기에 다른 간식을 먹는다고 하는 것은 생각할 수 없던 시절이었습니다. 그래서 학교에서 주는 옥수수빵은 급식이기도 하면서 별미에 가까운 간식 역할을 했던 것입니다.

먼저 학교에 다녔던 누나와 형들은 하교 직전에 이 옥수수빵을 받아 왔습니다. 그들이 먼저 먹고 좀 남으면 동생인 나를 위해 가져왔습니다. 어쩌면 남아서가 아니라 나눠 먹기 위해 아껴서 가져왔다는 것이 맞는 말일지 모르겠습니다.

멀리서 하교종이 들렸습니다. 이제 형과 누나들이 올 시간입니다. 그들이 무척 기다려지는 시간입니다. 물론 그들이 보고 싶어서가 아니라 가지고 올 빵 때문입니다. 이윽고 그들이 집에 왔고, 자연스레 빵도 따라왔습니다. 조금이지만 옥수수빵을 얻어먹을 수 있었습니다. 너무 맛있었습니다.

빵을 먹으면서 항상 꿈꾸던 것이 있었습니다. 나도 얼른 커서 학교에 들어가고 싶다는 것이었습니다. 그러면 내 몫으로 배당된 빵이 온전히 있을 것이고, 그것은 나 혼자 독차지할 수 있을 것이기 때문입니다. 형과 누나들이 가져오는 빵만으로는 그 양이 너무 적었습니다.

세월이 흘러 국민학교에 입학할 시간이 되었습니다. 가슴에 손수건을 길게 늘여 달고, 엄마의 손을 잡고 학교에 갔습니다.

"학교에 입학한 것을 축하합니다."

라는 교장 선생님의 말씀과 함께 드디어 꿈에 그리던 학교에 가게 되었습니다. 선생님의 인솔하에 우리는 배워야 할 교실에 들어왔습니다. 선생님은 학교 생활에 대해 주의할 점 몇 가지를 말씀해 주시고는 오늘 일과를 마쳤습니다.

이튿날부터는 교복을 입고 혼자 학교에 갔습니다. 학교란 것이 마을 한 귀퉁이 가까운 곳에 있었기에, 그리하여 늘 놀러 가던 곳이었기에 혼자 가는 것이 그렇게 낯설지는 않았습니다.

오전 수업이 끝났고 이젠 집에 돌아갈 시간입니다. 가기 전에 빵이 배달되었습니다.

하지만, 빵을 보니 내가 기대하던 옥수수빵이 아니었습니다.

'아 그 빵이 아니네.'

나는 속으로 중얼거렸습니다.

"자, 빵을 나누어 주겠습니다. 반장은 앞으로 나와서 하나씩 나누어주렴!"

선생님은 다정스럽게 우리를 쳐다보며 말했습니다.

'아, 드디어 빵을 먹는구나. 옥수수빵이 아니면 어때? 다 같은 빵이 아닌가.'

하며 순서를 기다렸습니다. 반장의 손을 거쳐서 드디어 나에게 빵이 왔습니다. 너무 설레는 순간이었습니다.

"빵을 모두 받았나요?"

"네."

하고 우리는 신나게 대답했습니다.

"가지고 가서 맛있게 먹어요."

교실을 나오자마자 나는 빵을 한 입 물었습니다.

"야, 너무 맛있다."

"옥수수빵보다 훨씬 맛있네."

하며 순식간에 다 먹어버렸습니다.

우리가 받은 빵은 밀가루로 만든 것이었습니다. 그것은 옥수수빵처럼 찐 것이 아니고 구운 것이었습니다. 팥이라든가 흑설탕 등등이 들어 있지 않았지만, 그런데도 옥수수빵보다는 훨씬 맛있었습니다. 냄새도 그러하거니와 쫄깃쫄깃한 식감이 옥수수빵에 비할 바가 아니었습니다.

학교 가는 것이 너무 좋았습니다. 공부가 좋아서가 아닙니다. 친구들이 있어서 그런 것도 아니었습니다. 단지 구수한 빵이 기다리고 있었기 때문이었습니다.

산타클로스 김 할아버지

우리 마을에는 윤씨와 김씨가 많이 살았습니다. 이들의 성씨가 유난히 많았다고 기억되는 것은 그 나름의 이유가 있었습니다. 내가 살고 있던 집은 파평 윤씨 종중 땅입니다. 말하자면 남의 땅에 집을 올린 셈인데, 그래서 해마다 연말이면 이 집안의 사람이 와서 도지세(집세)를 받아갔습니다. 하지만 그렇게 부담되는 금액은 아니었습니다. 윤씨의 본이 파평이라는 것은 이런 이유가 있어서 자연스레 알게 된 것입니다.

그리고 김씨는 우리나라가 그런 것처럼 우리 마을에도 많은 수를 차지하고 있었습니다. 한때는 이런 성씨가 부러운 때도 있었습니다.

'나도 김씨면 좋겠다.'

'송씨가 뭐야?'

'흔하지가 않아.'

이런 사소한 이유 때문에 가끔 나의 성씨를 부정하곤 했던 것입니다.

마을의 김씨 가운데 김 할아버지라는 분이 있었습니다. 그 많은 김씨 가운데 거의 첫 번째일 만큼 나이도 있고, 논과 밭도 제법 있었습니다. 하지만 이분이 어떤 본(本)인지는 알 수 없었습니다. 파평 윤씨의 종중 땅에서 보듯 그런 특별한 관계에 있지 않았기에 굳이 이분의 본이 무엇인지 알 수 없었던 것입니다. 하지만 그것이 중요한 문제는 아니었습니다.

이분을 할아버지라고 부를지, 아니면 아저씨라고 부를지가 애매했습니다. 아버지보다 몇 년 앞이라 분명 나이가 많긴 하지만, 아버지 입장에서 보면 큰형님뻘 정도여서 내가 할아버지라고 부르는 것이 좀 어색했던 것입니다. 그래도 할아버지라고 부르는 것이 옳을 것 같아 그렇게 부르기로 했습니다.

이분은 동네에서 가장 잘살았던 사람 가운데 하나입니다. 논과 밭이 있었고, 소도 두세 마리가 있었습니다. 소가 있다는 것은 그 집안이 부자임을 일러주는 상징 가운데 하나였습니다. 소 한 마리의 가격이 비싼 것도 비싼 것이지만, 소가 있다는 것이야말로 경작할 밭과 논이 있다는 사실을 말해주는 것이기 때문입니다.

이 집은 이때 희귀했던 TV도 있었습니다. 그래서 김일의 레슬링 경기가 있으면, TV를 개방해서 동네 사람들이 시청할 수 있게 해주기도 했습니다.

이렇게 많은 토지를 갖고 있는 사람이 있는가 하면, 대부분의 마을 사람들은 조그만 땅이나 국가 소유의 땅을 임대해서 농사를 지었습니다. 그래서 항상 식량이 부족하고 먹을 것이 부족했습니다. 그런 와중에 올해는 큰 가뭄이 든 것입니다.

며칠 있으면 큰 명절인 설날인데, 제사는 고사하고 먹을 것이 남아 있지 않았습니다. 보리농사도 제대로 되지 않았고, 벼농사도 형편없기는 마찬가지였습니다. 비가 오지 않았으니 감자나 고구마의 수확 역시 그리 좋은 편이 못 되었습니다.

제사 지내는 설날이 문제가 아니었습니다. 대부분의 가정에서 먹을 곡식이 대부분 소진되고 없는 것이 걱정이었습니다. 하루하루를 어떻게 연명해 나가는 것이 당면 과제로 떠오른 것입니다.

그런 사정은 우리 집이라고 해서 예외가 아니었습니다. 아니 우리 집은 형편이 더욱 좋지 않았습니다. 하루 한 끼를 무사히 먹고 넘기는 문제가 늘 따라다녔기 때문입니다.

이윽고 설날 전날이 되었습니다. 엄마의 한숨 소리가 들렸습니다. 하지만 그 소리는 우리 집만의 문제가 아니었습니다. 대부분의 동네 사람들이 쏟아내는 동일한 소리였기 때문입니다. 나는 엄마의 한숨 소리, 그 소리가 무엇을 의미하는지 잘 알고 있었습니다.

저녁이 되었습니다. 굴뚝에서 연기 나는 집이 없었습니다. 모두가 고개를 숙이고 방 안에 가만히 앉아 있을 따름이었습니다. 지금 이 순간의 배고픔을 이렇게 견디고 있었던 것입니다.

이때 밖에서 누가 부르는 소리가 났습니다.

"다 된 저녁에 누구신가?"

엄마가 방문을 열자 그 할아버지 댁 사람이 와 있었습니다.

그리고 그가 진 지게에는 무엇이 쌓여 있었습니다.

"그게 뭐예유?"

하는 어머니의 말에,

"아, 이거요, 저희 댁 주인분이 동네 분들에게 드리라고 해서 가져왔어요."

"그니까 뭐냐고유?"

"보리쌀입니다."

"네?"

엄마는 자신의 눈을 의심하듯 그를 응시했습니다.

"보리쌀 한 말입니다."

"쥔 아저씨가 동네 어려운 분들에게 한 말씩 갖다 드리라고 했어요."

"그래서 지금 집집마다 돌고 있는 중입니다."

"자, 그럼 저는 갑니다."

그는 보리쌀을 내려놓고 이웃집으로 갔습니다.

"아이고, 살았다."

"세상에, 이렇게 고마울 수가……."

엄마는 주체할 수 없는 눈물을 흘렸습니다.

동네 굴뚝에서는 다시 연기가 피어오르기 시작했습니다.

산타클로스 김 할아버지

213

하얀 손수건

오늘은 강원도에서 어떤 애가 전학 오는 날입니다. 전학하면 대부분 도시로 나가는 것이 일반화되어 있던 시절에 농촌으로 전학 온다고 하니 좀 낯설게 생각되었습니다.

오늘은 그 애가 처음 등교하는 날입니다. 선생님은 새로 온 친구를 앞으로 불러내더니 말씀하셨습니다.

"여러분들의 새 친구입니다. 처음이라 모든 것이 좀 낯설 테니 친절하게 대해주고 사이좋게 지내요."

우리는 큰 박수로 환영해주었습니다. 그 아이는 박수 소리에 얼굴을 살짝 붉혔습니다. 그러고는 고개를 꾸벅 숙이더니 이내 자기의 자리로 돌아갔습니다.

새로운 친구가 오니 그에 대해 이런저런 말이 오갔습니다.

"오늘 새로운 온 애 말야. 얼굴이 좀 예쁘게 생겼는걸!"

"전에 있던 학교에서 공부를 잘했다고 하더라구."

"아버지가 탄광 일을 하다 오셨다나."

자신들이 알고 있는 정보들을 사실인 듯 마구 쏟아내고 있었습니다. 그 아이의 집은 우리 집에서 몇 집 건너에 있었습니다. 아버지가 돈을 많이 벌어서 그런지는 몰라도 기존의 집을 고치기도 했고 기와도 새로 올렸습니다. 그러고 보니 그럴싸한 깨끗한 집이 되었습니다.

새로운 친구가 왔으니 분명 반가운 일이었습니다. 하지만 여자애라서 좀 맘에 걸렸습니다. 친구처럼 말을 붙이기가 어려웠던 탓이었습니다. 이때는 같은 반 친구들이라고 해도 이성끼리 서로 말을 친하게 섞는 일은 매우 어색하게 받아들이던 시절이었습니다. 그러니 그 애한테 말을 거는 것은 어느 정도의 용기가 필요했습니다.

그런 일이 있은 후, 시험 보는 날이 다가왔습니다. 일제고사라고 불리는 시험이었고, 그 결과는 얼마 후에 통지표라는 것에 기록되어 집으로 전달됩니다.

이번 시험은 좀 어려웠습니다. 그래도 그럭저럭 보았습니다. 하지만 아무래도 예전과 달리 결과가 좋지 않을 거라는 생각이 들었습니다. 통지표가 나왔습니다. 늘 그러하듯 반 석차부터 보았습니다. 등수가 뒤로 밀려 있었습니다.

'누가 앞서 있는 것일까.' 궁금했습니다. 하지만 그 의문은 오래가지 않았습니다. 선생님이 바로 알려주었기 때문입니다.

'쟤가 공부를 제법 하네.'

이렇게 중얼거리면서도 기분이 별로 좋지 않았습니다. 하지만 어쩔 수 없는 일이었습니다. 그 친구가 공부를 잘해서 그런 것이니까요.

하지만 이 이후로 그 애에 대해서는 괜한 심술이 생겨나기 시작했습니다. 어느 날엔가 운동장에서 여자애들이 고무줄 놀이를 하고 있었습니다. 여자애 둘이 양쪽에 서서 다리에 고무줄을 걸고 있으면, 다른 애가 노랫가락에 맞춰 고무줄 사이를 오가면 되는 것이 고무줄 놀이입니다.

그들이 놀고 있는 것을 멀찍이서 보고 있던 친구가 한마디 했습니다. 무언가 장난기가 발동한 것입니다.

"얘들아, 쟤들이 놀고 있는 고무줄을 끊어버릴까?"

"그래 그래."

이구동성으로 찬성했습니다.

우리는 고무줄을 자르기 위해 몰래 가까이 다가갔습니다. 그러면서 누가 놀고 있는지 확인했습니다. 그런데 새로 전학 온 애가 거기서 함께 놀고 있는 것이었습니다. 그것을 보고 이번 고무줄은 내가 끊겠다고 먼저 제안했습니다.

모두들 그러라고 찬성했습니다.

"그래, 잘 해봐."

나는 모르는 척 다가가서, 칼로 고무줄을 끊었습니다. 그러고는 낄낄거리며 아이들과 함께 도망쳤습니다.

"야, 너희들 왜 그래?"

"왜 방해하는 거야?"

하는 소리가 뒤에서 연신 들려왔습니다.

"근데, 새로 온 친구가 다친 거 같애."

"고무줄이 끊어지면서 얼굴에 맞은 거 같애."

나는 이 소리에 흠칫 놀라지 않을 수 없었습니다.

'아이고, 이제 혼났구나.'

종이 울리고 수업이 시작되었습니다. 아니나 다를까 고무줄 사건이 교실에서 다시 환기된 것입니다. 누군가 고자질한 것이 분명했습니다. 선생님은 오늘 운동장에서 고무줄 끊은 애들은 교탁 앞으로 나오라고 했습니다.

"너희들, 장난쳤지?"

"그냥 재미로 한 건데요."

우리는 기어들어가는 목소리로 조용히 말했습니다.

"장난이라고, 쟤 얼굴 좀 봐, 고무줄이 튀어서 얼굴을 심하게 다쳤잖아!"

선생님은 큰소리로 우리들을 꾸짖었습니다. 나는 고개를 슬쩍 돌려 그 전학 온 아이의 얼굴을 바라보았습니다. 얼굴이 벌겋게 부어올랐고, 고무줄 자국 또한 선명하게 나 있었습니다.

그러면서 한편으로는

'흐흐 꼬시다.'

하고 속으로 웃었습니다.

이번 일은 혼나는 것으로 일단락되었습니다.

시험을 본 후, 얼마 지나지 않아서 선생님은 우리들에게 새로운 수업 방식을 제시했습니다.

"이번 일제고사에서 우리 반이 꼴등 했어. 그래서 내일부터는 일찍 오는 순서대로 자리를 앉아라."

라고 하는 것이었습니다. 공부를 성실히 하는 애들이 앞에 앉아서 수업 분위기를 잡아야 한다는 것이었습니다. 그래야 다음 시험에 서 더 좋은 결과를 기대할 수 있다는 것이 이 제도를 도입한 취지 라고 했습니다.

다음 날 자리 경쟁이 시작되었습니다. 공부하기 싫은 애들은 오는 순서와 상관없이 편한 자리를 선택했습니다. 그래서 선생 님의 시선이 되도록 닿지 않는 자리가 그들에게는 최선의 공간이 되었습니다. 하지만 대부분의 경우 앞줄 가운데부터 앉았습니다.

오늘 아침 학교에 오니 이미 많은 애들이 와 있었습니다. 좋은 자리 하나가 있었습니다. 중간 가운데 괜찮은 자리였습니다. 맘 에 들어서 얼른 그 자리를 차지했습니다. 칠판과 선생님이 잘 보 이는 꽤나 좋은 자리였습니다.

맡아놓은 자리에 책보를 놓고 운동장으로 놀러 나갔습니다. 거기에는 많은 애들이 모여서 축구도 하고, 배구도 하고 있었습 니다. 함께 참여해서 그들과 더불어 신나게 놀았습니다. 이윽고 수업 종이 울렸고 우리는 교실로 돌아왔습니다.

찜해둔 자리에 돌아와 앉았습니다. 그런데 앞줄 바로 앞에 그 전학 온 친구가 앉아 있는 것이었습니다.

'아니 그 애가 왜 하필 내 앞이야?'

좀 짜증이 나기 시작했습니다. 거기에다 지난번 고자질해서 혼난 생각까지 떠올랐습니다. 순간 다시 놀려줘야겠다는 생각이 들었습니다.

'골탕을 먹여야지.'

하고는 기회를 기다렸습니다.

수업이 시작되었습니다. 그런데 선생님의 모습이나 칠판의 글씨가 잘 보이지 않았습니다. 앞에 앉아 있는 애의 머리가 자꾸 내 시야를 방해하는 탓입니다. 나보다 키가 큰 애가 앞에 앉아 있으니 잘 보이지 않는 것입니다.

머리를 치우라고 연필로 머리카락을 건드렸습니다. 그랬더니 그 애는 신경질적으로 나를 바라보는 것이었습니다.

"머리 좀 치우라고."

하며 조그만 목소리로 말했습니다.

하지만 그 애는 더 똑바로 허리를 곧추세워 앉는 것이었습니다. 그러니까 아까보다 더 보이질 않았습니다. 갑자기 화가 났습니다. 그래서 이번에는 머리를 손으로 확 잡아당겼습니다. 그리고는,

"좀 낮게 앉으라구."

속삭이듯 조용히 말했습니다. 그랬더니 갑자기

"아야!"

하면서 우는 것이었습니다. 수업을 하던 선생님은

"무슨 일이야?"

하고는 나를 노려봤습니다.

"쟤가 뒤에서 내 머리를 잡아당겼어요."

"그래?"

하고는

"앞으로 나와!"

하며 나를 불러세웠습니다. 그런 다음 손바닥을 내밀라고 했습니다. 선생님은 커다란 자로 손바닥을 내리쳤습니다.

"아야!"

너무 아파서 눈물이 났습니다.

이 이후로는 그 애가 더욱 미워지기 시작했습니다.

'그래 언제 한번 보자. 제대로 한번 혼내주고 말 거야'

하고 다짐하곤 했습니다.

조금 있으면, 가을 운동회 날입니다. 운동회는 게임도 하지만, 학부모님들이나 동네 분들을 위한 공연도 마련되었습니다. 그래서 학년마다 반마다 공연 등을 따로 준비해야 했습니다.

올해 우리 반이 맡은 공연은 〈자전거〉라는 노래 반주에 맞춰 춤을 추는 것이었는데, 반 친구 모두가 참여하는 것이었습니다. "따르릉 따르릉, 비켜나세요, 자전거가 나갑니다."라는 음악에 맞춰 춤을 추면 되는 것이었습니다. 이를 위해서 원이 크게 두 개로 만들어져야 했습니다. 바깥 원은 여학생들이, 안쪽 원은 남학생들이 만들었습니다. 바깥 원은 그대로 있고 안쪽 원의 학생들이 빙빙 돌면서, 말하자면 파트너를 바꾸어가며 춤을 추는 방식이었습니다.

여러 명이 움직이다 보니 운동장에는 흙먼지가 많이 일었지만, 재미가 있었습니다. 음악에 맞춰 움직이면서, 또 여자애들과 격의 없이 손을 잡고 춤을 추는 것이 싫지는 않았기 때문입니다.

몇 친구들과 손을 잡고 재미있게 춤을 추었습니다. 그렇게 여러 애들이 스쳐 지나갔습니다. 그런데 두 사람 건너 그 애가 순서를 기다리고 있는 것이었습니다.

'다다음 차례가 저 애구나. 음! 옳거니 잘됐다, 혼내줄 기회다.'라고 생각하며 순서가 되기를 기다렸습니다.

'손을 잡게 되면, 울 만큼 꽉 꼬집어야지.'

드디어 마주 섰습니다. 기회가 온 것입니다. "따르릉, 따르릉, 비켜나세요, 자전거가 나갑니다." 음악이 나오고 그 애의 손을 꼭 잡았습니다.

'얼마나 기다린 순간인가. 이제 꼬집어야지, 그래서 울게 만들어야지. 흐흐.'

웃음이 저절로 나왔습니다.

그런데 꼬집으려 하니 손에 힘이 가해지지 않았습니다.

'이상하다. 왜 이러지?'

손이 말을 듣지 않는 것이었습니다.

'왜 이러나? 아프게 꼬집어야 하는데⋯⋯.'

하지만 손에 더 이상 힘을 줄 수가 없었습니다.

망설이는 동안 시간이 흘러갔습니다.

이제 손을 놓아야 할 시간입니다. 다른 애의 손을 잡을 순서가 되었기 때문이다.

손을 놓았고, 그 애의 손은 점점 멀어져갔습니다.

운동회는 재미있게 끝났습니다.

한 해를 마무리해야 하는 겨울이 다가왔습니다. 아버지는 가끔 이런 말을 하시곤 했었습니다.

"네가 서울 가서 공부하면 좋겠다. 누구 하나라도 좀 잘되었으면 좋겠구나. 마침 있을 데도 있고 하니."

"서울이라고요?"

서울에서 공부한다고 생각하니 내심 기대가 되었습니다. 늘 꿈꾸어오던 서울의 모습이 눈에 어른거리니 좀 흥분이 되었습니다.

전학 일은 생각보다 빨리 진행되었습니다. 이제는 내가 떠날 차례가 된 것입니다.

학교를 떠나기 전날, 마지막 청소 당번이 되었습니다. 그 애도 마침 오늘이 당번이었습니다. 청소 도중에 부딪혔습니다. 우연치 않게 마주 선 것입니다. 무언가 한마디는 하고 싶은 생각이 들었습니다.

"나 내일 전학 가는데, 그동안 좀 미안했다……."

말이 끝나기도 전에, 그 애는,

"너 때문에 아팠단 말이야."

하는 것이었습니다. 그 애가 이렇게 화내는 것은 처음 봤습니다.

'내가 굉장히 싫었나 보다.'

라고 생각하며, 집으로 돌아왔습니다.

마지막 등교 날입니다. 선생님은,

"여러분, 우리 반에서 서울로 전학 가는 친구가 있어요. 헤어지는 것은 아쉽고 슬픈 일이지만, 언젠가는 또 만나겠지요."

라고 하면서 애들에게 박수를 유도했습니다. 큰 박수 소리가 울려 퍼졌습니다.

"어제 말한 것처럼, 떠나는 친구에게 준비한 선물이 있으면 지금 주도록 하세요."

내 손에는 연필 한 자루와 공책 몇 권이 쥐여졌습니다. 그리고 종이로 싸인 작은 물건 하나도 쥐여졌습니다. 그 애가 준 것이었습니다.

"우리 언제 또 만나자."

말하고는 교실을 빠져나왔습니다. 교문을 나서자마자 그 애가 준 종이 뭉치가 궁금했습니다. 얼른 펴보았습니다.

'아니, 이건……'

거기에는 하얀 손수건이 곱게 싸여 있었습니다.

순간 눈물이 핑 돌았고 이내 방울져 흘러내렸습니다.